MAURICE OLIVAINT

Poèmes de France et de Bourbon

PARIS

ALPHONSE LEMERRE, ÉDITEUR

23-31, PASSAGE CHOISEUL, 23-31

M DCCCCV

Poèmes de France
et
de Bourbon

DU MÊME AUTEUR

FLEURS DU MÉ-KONG. Poésies. 1 vol. in-18. . . . . . . 3 »

FLEURS DE CORAIL. Poésies. 1 vol. in-18 (Ouvrage couronné par l'Académie française). . . . . 3 »

LES DEUX GENTILSHOMMES DE VÉRONE. Comédie en cinq actes, en vers, d'après Shakespeare, représentée au théâtre de l'Odéon. 1 vol. in-18. . . . . 2 50

LA MUSE DE CORNEILLE. A-propos en un acte, en vers, représenté au théâtre de l'Odéon. 1 vol. in-18. . . . . 1 »

MAURICE OLIVAINT

Poèmes de France et de Bourbon

FAC ET SPERA

PARIS
ALPHONSE LEMERRE, ÉDITEUR
23-31, PASSAGE CHOISEUL, 23-31

M DCCCCV

A HENRY ROUJON

Mon cher Maître,

De mes voyages et de mes séjours aux pays lointains, j'ai coutume de rapporter quelques poésies, pâles reflets des choses vues et des impressions ressenties. Ces poésies, je les soumets toujours à la sûreté de votre goût, et c'est seulement après cette épreuve que je me hasarde à les publier. Si, en dépit de leur origine exotique, on peut y rencontrer quelque politesse dans la forme, je le dois à l'excellence de vos conseils. Elles sont donc un peu à vous, et, en vous les dédiant, je ne fais que remplir un devoir. Mais faut-il parler de devoir? Vous savez qu'en inscrivant votre nom à la première page de mes livres, je suis le plus doux penchant de mon cœur, qui est de vous témoigner ma profonde reconnaissance, en même temps que ma fidèle et respectueuse amitié.

MAURICE OLIVAINT.

Heures de France

LA SOURCE DE BEAUTÉ

Poète, la souffrance est source de beauté;
Puise-la, jaillissante, en notre humanité :
L'universelle peine à souffrir te convie.
Que ton rêve parfois descende du ciel bleu;
Si tu veux la chanter, il faut vivre la vie :
O poète! sois homme, un jour tu seras dieu!

TRISTESSE

I

ORGUEILLEUX diamant sur le front clair du jour,
Le soleil se ternit aux doigts du crépuscule;
Sous de longs voiles blancs, au bord des flots, ondule
Un vol triste et muet d'âmes veuves d'amour.

Devant l'astre mourant, le noir cortège pleure
Des regrets sans espoir et des espoirs déçus;
Et les illusions, déchirant leurs tissus,
Montrent à nu leur sein dont le charme est un leurre.

Les suprêmes rayons s'écroulent dans la mer;
Oh! vois-les s'y dissoudre ainsi que la poussière
D'un rêve qui se brise au fond d'un cœur amer!

Nous unirons nos mains dans la même prière,
Quand la nuit jettera sur ce morne décor
Son manteau d'azur sombre aux mille agrafes d'or.

II

Le ciel berce, le soir, une voix pâle et douce;
Oh! tends pour l'écouter l'oreille de ton cœur!
Puisque, hélas! il n'est rien que misère et rancœur,
Sois l'ange qui console et jamais ne repousse.

Sois l'ange de l'amour et de la charité;
La lune se lamente et le nuage flotte
Comme un long vêtement de femme qui sanglote...
Lève vers l'azur noir les yeux de ta bonté.

Oh! lève tes regards vers les pleurs des étoiles!
Reçois-les dans ton sein; sois attentive aux bruits
Que laissent lentement sur nous tomber les nuits :
Qui sait quel désespoir se cache sous leurs voiles!

Qui sait quel désespoir plane au-dessus de nous!
La tristesse s'étend sur la nature entière;
Elle effleure nos fronts et roule à nos genoux;
Je la vois se glisser souvent sous ta paupière.

Notre intime bonheur ne t'en garantit pas,
Car elle est la compagne austère de la vie;
Mais ton plus sombre jour serait digne d'envie
Pour ceux qui sont dans l'ombre et qui pleurent en bas.

Aussi, prodigue-leur tes larmes, ton sourire;
Entends-tu? Les maudits, malheureux ou pervers,
Ne semblent qu'un seul cœur immense qui soupire...
Élargis ton amour sur ce commun martyre :
Que ta pitié recueille entre ses bras ouverts
La gerbe de douleurs éparse en l'univers!

L'ÉTERNELLE FAIBLESSE

Nous avons toujours l'appétit
De la tendresse maternelle :
L'homme reste le tout petit
Que la femme met sous son aile.

O toi qui joins à la beauté,
Dont tu sais la gloire éphémère,
Cette souveraine bonté
En qui je retrouve ma mère,

Je n'ai jamais heurté mon cœur,
Sur l'âpre route de la vie,
Contre le sarcasme moqueur
Ou les colères de l'envie,

Sans que le désir lâche et doux
Envahît aussitôt mon âme
De reposer sur tes genoux
Ma meurtrissure, ô chère femme!

De te faire de longs aveux
En te montrant la cicatrice,
Et de sentir dans mes cheveux
Glisser ta main consolatrice!

L'homme hautain et triomphant
N'a pas de plus pure allégresse
Que de redevenir enfant
Sous la féminine caresse;

Et, las de protéger toujours,
En humiliant sa puissance
Aux pieds d'un gracieux secours
Fait de faiblesse et d'innocence,

Il sent une exquise fierté
A contempler chez le doux être
Ce réveil de maternité
Que son amour seul a fait naître.

COEURS DORMANTS

Il est des lacs profonds et calmes,
Unis et blancs comme un miroir,
Où froidement se laisse choir
L'immobile reflet des palmes.

Les vents brisent leurs baisers fous
Sur leur impassible surface.
Plongez : sous l'apparente glace
Vibrent de chauds et longs remous.

Il est de paisibles visages
Dont l'aspect serein et moqueur
Paraît ignorer les orages
Qui troublent les ondes du cœur.

Sur ces calmes lacs d'ironie
On dirait que la pitié fond.
Plongez : la tendresse bénie
En molles vagues roule au fond.

Ce sont les vagues les plus douces.
Ce sont les cœurs les mieux remplis
Qui dissimulent leurs secousses
Dans les plus secrets de leurs plis.

Tels sont les cœurs que l'on adore
D'une religieuse ardeur.
Oh! cache ton amour encore
Sous les voiles de la pudeur!

Plus brillante en sera la flamme
A qui, voulant la conquérir,
Devra la chercher dans ton âme,
Comme Hiram l'or aux mers d'Ophir.

C'est au plus profond de la terre
Que sont les métaux précieux;
L'astre le moins visible aux yeux
Est le plus beau par son mystère.

*
* *

OUI, nous la reverrons bien souvent dans nos rêves,
La case de bambous assise au bord des grèves
Dont les lames roulaient le sable criblé d'or;
En nos songes d'azur nous l'entendrons encor,
O forêts, la chanson des palmes sous la brise!
Nous sentirons toujours votre parfum qui grise,
Douces fleurs qu'enlaçaient les vierges à leurs fronts!
Toujours, ô Tahiti, nous nous rappellerons
Sous nos cieux sans éclat tes cieux pleins de lumière!
Nous garderons toujours au fond de la paupière
L'épanouissement du soleil sur la mer;
La plus lugubre nuit du plus lugubre hiver
Ne pourrait t'obscurcir de ses ombres glacées,
Souvenir de splendeur qui luis sur nos pensées!

A DEUX FIANCÉS

Pour Monsieur et Madame Émile Chédeville.

Vous avez bien raison de gravir la colline
Appuyés l'un sur l'autre, et la main dans la main.
Que la faiblesse donne, en l'aride chemin,
Un sourire au soutien qui vers elle s'incline.

Changez les jours de joie en extase divine,
Et colorez d'espoir leur triste lendemain :
Un ciel sombre est moins sombre aux clartés de l'hymen;
Un ciel pur est plus pur quand l'amour l'illumine.

Que les pieds délicats des femmes seraient las,
Si les hommes, hâtés au-devant de leurs pas,
N'écartaient les cailloux de la route suivie!

Et les hommes ploieraient sous le poids des douleurs,
Si, pour les consoler de cette morne vie,
Les femmes au doux front ne leur offraient des pleurs.

LE DÉSIR

Sous la sévérité de son froid diadème,
Une raison solide et sûre d'elle-même
Montre souvent l'éclair d'un sourire indulgent.
Si quelque passion, d'une flèche d'argent,
Traverse le cristal de sa noble pensée,
L'âme de l'homme fort ne se sent point blessée.
Il ne repousse point ce qui lui vient de Dieu,
Mais, sage, il sait placer chaque chose en son lieu :
Quand la Vérité frappe à sa demeure haute,
Son respect attendri l'accueille comme un hôte ;
Et, lorsque le Désir apparaît triomphant,
Il le laisse à ses pieds jouer comme un enfant.

DÉCLIN

Un âge vient, hélas! où la flamme céleste
Qu'à l'aurore de l'âme alluma l'idéal
Meurt dans le pâle éclat que jette après le bal
Un flambeau consumant la cire qui lui reste.

Au cœur, parfois, ainsi que sur un palimpseste,
Reparaît quelque mot du livre initial
Qu'épelle un mouvement de lèvres machinal,
Mais nous ne savons plus de l'amour que le geste.

Ta mémoire a gardé le souvenir confus,
Homme à jamais flétri, de l'homme que tu fus
Quand un premier printemps épanouit ton être;

Souvenir aux parfums rancis comme l'encens
Qui fume au fond de l'urne où l'oublia le prêtre
D'une religion dont s'est perdu le sens!

PRINTEMPS

Avril! Le carillon des heures fortunées
Réveille notre cœur dès que rit le matin;
Le cristal du ruisseau paraît plus argentin,
Plus brillante la perle au front des graminées.

La vierge que déjà troublent les hyménées
Précipite ses vœux au-devant du destin,
Et, tournant ses regrets vers un passé lointain,
La vieillesse fait signe à ses jeunes années.

Les chênes hauts et durs ainsi que des donjons
Tressaillent de tendresse à sentir leurs bourgeons;
Le rejeton frissonne au travail de la sève;

Et de molles vapeurs, dans les cieux éclatants,
Vêtent de pourpre et d'or le Désir et le Rêve,
Qui viennent, doux hérauts, proclamer le Printemps.

RENOUVEAU

Le soleil, sur la terre ainsi que dans le ciel,
Répandait la splendeur de ses flèches vermeilles,
Et la fleur éphémère élevait les merveilles
De sa corolle d'or vers le globe immortel.

Arrondissant les bras en des gestes d'appel,
Des vierges, dans la plaine, avec un bruit d'abeilles,
De roses et de lys remplissaient leurs corbeilles,
Et mêlaient des œillets à leurs cheveux de miel.

Les femmes aux doux yeux, les parfums, la lumière
Ramenaient la nature à sa candeur première,
Au temps où rayonna sa naissante beauté;

Et, comme elle, mon âme, heureuse et rajeunie
Par l'arome des bois, l'amour et la clarté,
Tressaillait d'espérance à leur riche harmonie.

SUIVANT CATULLE

Vivons, ô Lesbia! Moquons-nous des sermons
Qu'inflige à nos plaisirs la vieillesse morose;
Aimons-nous, car le Temps, maître de toute chose,
Emportera bientôt cette heure où nous aimons.

Le soleil disparu, le soir, aux flancs des monts,
Renaît à chaque aurore en sa jeunesse rose;
Quand sur nos yeux éteints le doigt fatal se pose,
Quelle Nuit éternelle et noire nous dormons!

Je veux plus de baisers qu'aux déserts de Cyrène
Ne peut couler de sable en la main qui l'égrène;
Qu'il n'est d'astres au ciel éclairant nos amours;

Mais nous en cacherons jalousement le nombre,
Pour ne point accabler sous des regrets trop lourds
Le cœur des envieux qui nous guettent dans l'ombre.

*
* *

Puisque la source claire encore
Égrène, pleine de frissons,
Les perles de sa voix sonore
Sous les massifs et les buissons;

Puisque les oiseaux dans les branches
Chantent, ma charmante, toujours,
Parmi les fleurs roses et blanches,
La chanson des jeunes amours;

Puisque la nature immortelle,
En dépit des destins maudits,
Est souriante et douce, et telle
Que nous la connûmes jadis;

O chérie, il est impossible,
N'est-ce pas? que notre amour seul
Demeure une chose insensible
Qu'il faille coudre en un linceul.

J'en crois la lumière divine
Qui resplendit comme autrefois
Sur le coteau, sur la ravine,
Et sur tous les rameaux des bois;

J'en crois l'ardent parfum qu'apporte
L'haleine des vents embrasés,
Oh! non, notre âme n'est point morte,
Et ces papillons, les baisers,

Se posant sur nos lèvres closes,
D'un coup d'aile vont les rouvrir :
Quand les rosiers poussent leurs roses,
Tous les cœurs doivent refleurir.

Oh! retrouve ton frais sourire,
Ton sourire des jours meilleurs,
Et je retrouverai ma lyre
Longtemps muette par nos pleurs;

Et mes strophes enthousiastes
Pourront s'épanouir encor
Parmi la plaine des cieux vastes
Que traversent des sillons d'or.

DANS LES BOIS

Oh ! viens dans les bois, où les fleurs doucettes,
Parfumant la mousse au bord des ruisseaux,
Tournent au soleil leurs mille facettes;
Les bois souriants offrent les recettes
D'un bonheur tranquille inconnu des sots.

Nous retrouverons, dans leur solitude,
Toi, fileuse, un tas d'outils familiers;
Moi, tous les engins dont j'ai l'habitude :
Les bois sont de bons cabinets d'étude;
Les bois sont aussi de bons ateliers.

L'herbe pour le fil tend ses fibres fines,
Et deux joncs croisés forment des ciseaux;
Les aiguilles ? bien : voici des épines!
Les glands ont jonché le sol de bobines;
Le roseau fournit quenouille et fuseaux.

Si quelque poème en mon cœur murmure,
Prête-moi ta plume, ô joli pinson!
L'encre n'est pas loin : pressons une mûre;
Du papier? La feuille est sur la ramure;
Un tronc pour bureau! J'écris ma chanson.

Que pourrait de plus nous donner le monde?
Quelques plaisirs vains dont nous faisons fi.
Un rayon jouant dans ta tresse blonde
M'enchante : au rêveur que l'amour inonde,
Vois-tu, la nature a toujours suffi.

LE SOIR

D'APRÈS UN PASTEL DE MARIE-JOSEPH IWIL

Sous un dais de feuillage embaumé qui se mire
Dans le golfe, où la lune au visage blêmi
Épanche la clarté de son regard ami,
La vierge se recueille en effleurant sa lyre.

Elle égrène des chants que ses yeux semblent lire
Au beau livre du ciel entr'ouvert, et parmi
Les lames, bleus feuillets déroulés à demi
Par le doigt invisible et léger du zéphire.

Le rêve voilé d'ombre, et qui sommeille encor,
Tressaille aux sons glissant le long des cordes d'or;
Du silence s'élève une lente harmonie;

Et des fleurs, dont un souffle agite l'encensoir,
Jusqu'aux astres épars dans la sphère infinie,
S'exhale avec douceur l'âme errante du soir.

LE RÉVEIL DES AMES

A Madame Amélie Hayem.

A l'heure où, s'effaçant devant la paix du soir,
Les soins du jour, plaisirs, tourments, gloire, infamie,
Suspendent leurs rumeurs sur la ville endormie,
Je dresse mes pensers dans le silence noir.

Je vois, tel qu'un marin qui s'accoude au bossoir
Pour contempler le ciel pendant une accalmie,
Se peupler lentement la solitude amie
D'astres dont les rayons resplendissent d'espoir.

Chacun, dès qu'il paraît, m'éclaire d'un sourire;
Il caresse mon cœur d'un regard; il soupire,
Et semble murmurer : « Ne me connais-tu pas ? »

Je les reconnais tous! Ces fraternelles flammes
Sont les esprits de ceux qui dorment ici-bas,
Car le sommeil des corps est le réveil des âmes.

LE CLAIN

A Louis Teste.

O Clain, ton flot dormant s'étale sans murmure
Sous le discret rideau de tes grands peupliers,
Calme comme le cœur dans une vie obscure
Qu'abrite un dôme bleu de rêves familiers;
Une lumière exquise, ingénue, affaiblie,
Te verse la tendresse et la mélancolie
Quand descend la douceur souveraine du soir,
Et le voyageur las, dans tes molles vallées
Où le hasard béni lui permet de s'asseoir,
Perd le noir souvenir des heures envolées.

LA BERGÈRE

La bergère, le soir, ses moutons rassemblés,
Au milieu du troupeau se montre toute droite
Dans la lumière d'or sous laquelle miroite
La mer resplendissante et paisible des blés.
Au loin monte un clocher d'où vibre, presque éteinte,
L'âme aux pures douceurs de l'angélus qui tinte :
Dominant le hameau, dont les blanches maisons
Brillent au crépuscule ainsi que des toisons,
Vois, l'église paraît une autre pastourelle
Immobile parmi ses moutons rassemblés,
Cependant que la nuit, qui s'étend sur les blés,
Silencieusement verse l'ombre sur elle.

LA RETRAITE

A Ernest Prévost.

I

AMI, suis mon regard : vois-tu cette prairie?
Deux ruisseaux, dans la mousse entre-croisant leurs ea
Y brillent au soleil ainsi que des ciseaux
Jetés sur le dessin d'une étoffe fleurie.

Pour horizon mon âme a cette humble patrie
Que borde un ruban vert et rose de roseaux
Et de lauriers ; leur ombre est douce ; un chœur d'oiseaux
Y chante tout le jour sa chanson attendrie.

Là, moi-même, oubliant le dur labeur humain,
Et les cris de la foule, et les rocs du chemin,
Je laisse errer sans but mes pas et ma pensée ;

Là, quand le mol essaim des rêves prend l'essor,
Par le vent de leur vol ma lyre caressée
Harmonieusement courbe ses cordes d'or.

II

Ami, l'humble pays dont la grâce m'attire,
A travers ses vallons, ses coteaux et ses bois,
N'a jamais vu, le soir, une nymphe aux abois
Fuir devant la poursuite ardente du satyre.

Au fond de la forêt que frôle le zéphire,
Sur les bords caillouteux de la source où je bois,
Artémis n'a jamais déposé son carquois,
Ni dévoilé son corps rose comme un sourire.

Non, ce canton n'est point fréquenté par les Dieux.
Dans l'ombre des taillis les hommes les plus vieux
N'ont jamais aperçu ni sylphides ni fées;

Nul regard de lutin ne brille aux buissons verts;
Mais je ne sais, parfois, quelles voix étouffées
Font tressaillir les fleurs et me soufflent des vers.

LE CYGNE

Le cygne sur le lac flottait comme un désir
Flotte, sans le troubler, dans un regard de femme;
Le cygne sur le lac se berçait comme une âme
Se berce en la splendeur d'un beau ciel de saphir.

Son aile se gonflait au souffle du zéphyr;
Le soleil se jouait à son sillage en flamme;
Et ses palmes d'or fin soulevaient une lame
Qui venait mollement sur la rive mourir.

Et nous suivions des yeux la vague dont les rides,
Sans en ternir l'éclat, rasaient les eaux limpides :
Tel glisse au cœur du juste un indigne soupçon;

Et le cygne, pressant sa marche cadencée,
Sur le calme miroir passait dans un frisson,
Comme sur un front pur une grande pensée.

LES COMMUNIANTES

D'APRÈS UN TABLEAU DE GUSTAVE CHANALEILLES

FRÊLE en sa transparence, un glissement de tulle
Frôle à peine le sol, comme si vers les cieux
S'essayait son essor lent et silencieux
Par un léger frisson d'ailes de libellule.

Ainsi, parmi les fleurs de la terrasse, ondule,
En laissant un parfum d'encens, l'essaim pieux
Des vierges, dont le front d'ivoire et les beaux yeux
Reflètent la douceur d'un tendre crépuscule.

La lumière mystique où se baigne le soir
Répand sur leurs pensers des splendeurs d'ostensoir
Que, dans leurs purs regards, voile la modestie;

Et sous ce chaste voile, on voit luire, vainqueur,
L'orgueil d'avoir vivant à l'autel de leur cœur
L'holocauste divin qu'offre l'Eucharistie.

A UN RELIGIEUX

Lorsque l'orgueil réveille en moi ses orgues d'or,
Et quand ma vanité fait tinter ses rixdales,
Ami, je songe à toi dont les humbles sandales
Ne connaissent qu'un cloître au morne corridor.

Tandis que nous donnons des ailes de condor
Aux désirs effrénés qui germent nos scandales,
Ta foi, sans défaillir, les abat sur les dalles,
Ainsi que des taureaux aux pieds du matador.

Tu sais la gloire folle et sourde à qui l'appelle,
Mais la lampe qui brille en ta douce chapelle
Offre toujours l'espoir suprême au front courbé;

La fanfare qu'on souffle aux clairons de victoire
Remplirait moins ton cœur que la voix de l'abbé
Avant l'oblation murmurant l'offertoire.

LA CLÉMENCE

Élevant son courroux vers le Dieu d'Israël,
Élie entend gronder, comme une voix vivante,
Une tempête aux flancs de l'Horeb qu'elle évente :
Mais dans l'ouragan noir n'était point l'Éternel.

Quand disparut l'orage, un feu surnaturel
Illumina l'espace, et sa pourpre mouvante
Enveloppa le mont d'un manteau d'épouvante :
Le Seigneur n'était point dans la flamme du ciel.

Voici qu'une ineffable et sereine harmonie
Verse parmi l'effroi sa douceur infinie,
Et l'Homme de Thesbé sentit passer l'Esprit;

Et l'âme du Voyant, dont la sombre démence
S'armait au nom vengeur de Jéhovah, comprit
Qu'à l'appel de ce nom répondait la Clémence.

LA PUDEUR

A L. Roger-Milès.

Quand la gloire des Dieux rayonnait sur le monde,
La femme, dans l'orgueil d'un prestige exalté
Par la lyre et le marbre où revit sa beauté,
Se dévoilait sans honte à l'art qu'elle féconde.

Le Verbe surprit Rome en sa luxure immonde.
Néron, persécuteur d'un culte détesté,
Traîne au cirque sanglant ta chaste nudité,
Vierge vouée au Christ dont la grâce t'inonde.

La crainte de la mort ne trouble point tes yeux,
Mais tu croises les bras sur ton sein soucieux
D'échapper aux regards que ta jeunesse attire;

Et ce geste éperdu qui te vêt de splendeur,
Comme une fleur d'amour éclose du martyre,
Aux hommes éblouis révèle la Pudeur.

WUOTAN

A Madame Dick May.

Le bois Glasur, planté d'arbres aux feuilles d'or,
Ombrage le palais où Wuotan, roi des Ases,
Savoure l'hydromel écumant dans les vases,
Au milieu de ses fils, Tyr, Balder, Freÿr et Thor.

L'immense Walhalla, qu'un somptueux décor
Fleurit de diamants, d'émaux et de topazes,
Est ouvert sur l'azur d'un ciel rempli d'extases
Où l'oiseau merveilleux du rêve prend l'essor.

L'Enchanteur, emporté par de mystiques ailes,
Vole vers la splendeur des Heures éternelles;
Il contemple, ébloui, son passé radieux;

La gloire du présent lui sourit dans un songe;
Mais soudain la terreur étreint son âme; il plonge
Au fond de l'avenir, et voit la Mort des Dieux.

MARGUERITE D'ÉCOSSE

TON nom doux et fleuri passe à travers l'histoire
Comme à travers les bois une brise d'été,
Marguerite au grand cœur, noble et frêle beauté
Qui vécus peu de jours, et qui mourus sans gloire.

Mais ton pur souvenir reste à jamais parmi
Les oiseleurs du rêve à la voix cadencée,
Pour la minute exquise où te vint la pensée
De baiser sur la lèvre un poète endormi.

MARIE STUART

> Ils aiment à se retirer tout à part, dans un coin des salles, pour qu'on ne puisse entendre leurs petits secrets.

Aux lèvres du dauphin le doux nom de Marie
Exhalait un parfum pieux comme l'encens;
La princesse laissait son cœur battre et ses sens
S'épanouir au gré d'une voix attendrie.

Ils cachaient dans les plis de chaque draperie
Un chuchotement sourd de secrets innocents,
Et les vieux murs du Louvre abritaient, frémissants,
Les vœux dont se berçait leur blanche rêverie.

Car la bonté qui brille au front calme des cieux
Permit que ces enfants ne pussent dans leurs yeux
Resplendissants d'espoir, d'amour et de lumière,

Lire, ô roi François deux, la si prochaine mort,
Et lire, ô reine exquise en ta candeur première,
L'adultère sanglant, la geôle et le remord!

LA REINE MARGUERITE

Un parfum doux et vague enveloppe l'alcôve
Où Marguerite rêve au langoureux ami
Qui souvent caressa son beau corps endormi
Délaissé par le roi pour madame de Sauve.

Ignorant le péril dont sa grandeur la sauve,
Souriante, elle rêve, elle dort, quand, parmi
Son rêve et son sommeil, la Saint-Barthélemy
Rue avec des clameurs la mort tragique et fauve.

L'huis croule avec fracas : sur sa trace de sang
Un jeune gentilhomme entraîne, pâlissant,
La meute d'assassins âpres à la tuerie ;

Et la reine voit luire, en son réduit d'amour,
Où de brusques flambeaux font un funèbre jour,
Tout un siècle de crime et de grâce fleurie.

A RONSARD

COMME, parmi les prés, une abeille butine
En frôlant les lilas de baisers enjôleurs,
Ronsard, tu pris le suc des immortelles fleurs
Que t'offrirent la Grèce et la Muse latine.

Aussi, ta poésie, attendrie ou lutine,
Qu'elle exalte la joie ou chante nos douleurs,
N'a, pour nous, rien perdu de ses fraîches couleurs;
Le temps n'en ternit point l'éclat sous sa patine.

Éternellement jeune, ainsi qu'un vin nouveau,
Elle remplit les sens, le cœur et le cerveau
De verdeur savoureuse et de puissante sève;

Et tes vers, imprégnés d'ineffables parfums,
Exhaleront toujours, pour charmer notre rêve,
Le vivant souvenir de tes amours défunts.

LA MUSIQUE

CARESSE harmonieuse et plaintive des vagues
Que sur les grèves d'or développe la mer!
Harpe que fait ployer la main de l'être cher
Sous un capricieux essaim de notes vagues!

Concert mélancolique épanché par les nuits!
O suaves frissons, sanglots de la musique!
Mystérieux et doux enchantement des bruits
Qu'exhalent l'âme humaine et le monde physique!

Rien n'effleure le cœur d'un vol plus triomphant
Que les sons dégagés du joug de la parole,
Indécis et subtils comme une écharpe molle,
Balbutiements d'oiseaux et gazouillis d'enfant.

Poètes, devant vous je me tais et j'admire,
Mais il vous faut des mots afin d'être compris;
Un soupir de viole emporte les esprits
Dans l'infini des cieux, sur l'aile du délire!

LA POÉSIE

Je suis la confidente et la compagne douce
Qui jamais ne refuse et jamais ne repousse;
Mon amour est un lac calme et silencieux,
Discret comme les bois et pur comme les cieux,
Dont les bords sont remplis de parfums, dont les ondes
Bercent des baisers bleus et des caresses blondes.
Oh! viens, poète aimé, te baigner dans mes eaux;
La brise chante et change en flûtes les roseaux,
Et répand sur mon sein les pétales des roses.
Je t'apporte l'oubli des minutes moroses;
Je suis l'apaisement qui s'offre aux désespoirs.
Autour de mes bras blancs roule tes cheveux noirs,
O mon poète! A l'heure où chacun te repousse,
Viens reposer en moi, car je suis la plus douce!

POUR LE

TOMBEAU D'ANTONY VALABRÈGUE*

Vois, ta tombe par nous n'est point abandonnée;
Nous voici près de toi, poète regretté,
Comme en ce triste jour de la dernière année,
Quand tu partis, hélas! sous le soleil d'été.

Il a quitté la terre alors qu'elle est si douce
Aux poètes épris des grands bois et des champs
Qui, sous l'épais feuillage et sur les lits de mousse,
Les enivrent de rêve et leur dictent des chants.

Comme il mêlait son âme à la splendeur des choses!
Un couple qui passait en devisant d'amour,
De blonds rayons tremblants à l'angle des toits roses
Suffisaient à l'emplir d'extase pour un jour.

* Pièce lue au cimetière Montparnasse, à l'inauguration du buste d'Antony Valabrègue.

Car il était de ceux vers qui la forêt penche
Plus maternellement l'ombre des frais berceaux;
Le lys était pour lui plus candide, et plus blanche
L'eau pure qu'à ses pieds épanchaient les ruisseaux.

Sa poésie était elle-même une source
Où d'immondes limons ne se déposent pas,
Mais qui, sous les halliers, n'entraîne dans sa course
Que les débris fleuris échappés des lilas.

Sa Muse n'était point la déesse hautaine
Qui veut à sa beauté l'orgueil d'un piédestal;
C'était la nymphe, assise aux bords de la fontaine,
Rougissant de se voir dans le brillant cristal.

Que lui faisait l'éclat d'une vaine fanfare,
Quand les oiseaux bénis le charmaient de leur chœur?
Au flambeau de la gloire il préférait pour phare
L'amour, cette lumière ineffable du cœur.

Mais la gloire, souvent, fuit l'instance indiscrète,
Et sa faveur se donne à qui veut l'oublier;
Que d'amis inconnus te vaudront, ô poète,
Les douceurs de ton vers touchant et familier!

Que d'amis inconnus, dans la funèbre enceinte
Où ton buste s'élève au milieu des tombeaux,
S'arrêteront, pensifs, devant l'image sainte
Dont un burin puissant grava les traits si beaux!

Et nous, qui ne pouvons, au sommet d'une stèle,
Dresser un monument digne de nos douleurs,
Nous te vouons, du moins, ces strophes, pâles fleurs,
Pour qu'en monte l'encens vers ton âme immortelle !

Essor

A François Coppée.

*
* *

La mer, devant l'écrin du soleil qui ruisselle,
Se pare de rayons qui la rendent plus belle,
Et la brise chuchote aux ailes des vaisseaux
Un grand désir d'essor, ainsi qu'à des oiseaux.
Là-bas, l'Inde m'invite en ses palais de mousse
Où la Nagpourienne à la poitrine rousse,
Étalant la fierté de son sein vierge encor,
Se berce sur sa tige, ainsi qu'une fleur d'or;
Ceylan m'offre ses bois, dont l'âme triomphale
En affolants parfums lascivement s'exhale;
Partons; dans la splendeur d'un éternel été,
Je veux à pleins poumons humer la liberté,
Et magnifiquement épanouir mon être
Dans l'ivresse d'aimer, de sentir, de connaître.

Mais non, pourquoi partir? — Paris est le foyer
Suprême : c'est la forge où l'on voit flamboyer
L'idée en métal pur, radieuse et féconde,
Dont l'immortel éclat se répand sur le monde;

C'est le vase insondable où travaille un ferment
Qui soulève en un seul et long bouillonnement
Tous les cerveaux chauffés par l'active fournaise;
Là, tout esprit se meut, se développe à l'aise;
Tous les flambeaux épars s'allument au flambeau
Qui puise la lumière à la source du beau,
Et brille comme un phare au-dessus de la grève.
Paris, c'est la pensée, et l'Inde, c'est le rêve.
Restons : penser est grand.

Mais rêver est si doux!

Rester, partir? — Amis, que me conseillez-vous?
Que faut-il consulter : la nature ou le livre?
Eh! qu'importe! Vivons, et le tout est de vivre!
Vivre est l'unique bien!

J'hésitais à choisir
Entre les deux projets qui flattaient mon désir,
Et mon sang plein de feu dans mon cœur plein de force
Bouillait comme une sève ardente sous l'écorce;
Égal au firmament par son immensité,
S'étendait devant moi le temps qui m'est compté,
Et mes jours me semblaient des étoiles sans nombre.

Mais voici qu'un billet funèbre, bordé d'ombre,
Où le nom d'un ami se détachait, soudain
Tomba sous mon regard, comme, dans un jardin,
La feuille que le vent d'automne a desséchée.
Songeant alors, songeant à la triste jonchée

De ces feuilles déjà sur mon douloureux cœur,
Je sentis remonter une obscure rancœur
Contre le sort stupide, et la mort qui délivre
Me murmura tout bas : A quoi sert-il de vivre ?

VISION D'ORIENT

A E. Ledrain.

QUAND s'éveille en mon cœur un désir de voyage,
Je cherche dans l'atlas un pays enchanté,
Quelque archipel lointain naguère visité,
Et je fixe longtemps mes regards sur la page.

Soudain la mer s'anime et forme mille plis
Où le navire glisse, avec un doux roulis,
Vers une île dont l'air mêle aux odeurs marines
Un parfum qui fond l'âme et gonfle les narines.
L'opium et le musc, exaltant le cerveau,
Font pressentir de loin le rivage nouveau;
Et voici qu'au soleil, à travers les cieux calmes,
Une forêt salue à grands gestes de palmes;
Des femmes au teint roux, qu'étonnent nos pâleurs,
S'élancent sur la plage en balançant des fleurs;
Indiens nus et bruns comme des dieux de bronze,
Turbans verts de rajah, robes jaunes de bonze,
Sous des toits d'émeraude et des pagodes d'or,
Font bruire la vie en un troublant décor.

De l'horizon sans borne aux bois charmants et roses,
Le voyageur, ravi par le faste des choses,
Suit d'un œil éperdu de somptueux oiseaux
Qui nagent dans le ciel et volent sur les eaux;
Par l'azur qui les berce en ses légères gazes,
Bengalis, huppe-cols, améthystes, topazes,
Plumets bleus, plastrons noirs, sittelles, colibris,
Dans l'éblouissement des plumages fleuris
Que la brise éparpille en leurs vives volées,
Paraissent, ô splendeur! des étoiles ailées
Qu'emporte en plein soleil l'ardente volupté
De l'étendue immense et de la liberté.
Oiseaux de paradis, sifilets et maucodes,
Effleurant le sommet recourbé des pagodes
Au caprice d'un vol flexible et diligent,
En font carillonner les clochettes d'argent,
Et le cliquetis clair de ces clochettes blanches
Se mêle au chant joyeux des martins dans les branches.
Tout vibre : sur la carte un sec linéament
Suffit pour évoquer, sous un bleu firmament,
Des oiseaux enchanteurs et des parfums étranges,
Et des femmes dont l'œil a le regard des anges.

Et, quand l'esprit s'abîme aux ombres de la nuit,
Dans les brouillards confus du sommeil où me suit
La douce vision qui s'évapore en rêve,
J'entends encor le bruit des vagues sur la grève.

RÊVE D'UNE NUIT D'ORIENT

La mer est d'azur;
Le firmament pur
Berce les étoiles;
Un souffle charmant
Fait languissamment
Tressaillir nos voiles.

Sous le frais zéphyr
Plissant le saphir
De la mer si belle,
Le joli vaisseau
Paraît un oiseau
Dont palpite l'aile.

Il prend son essor;
Les étoiles d'or
Lui montrent la route.
Un astre entre tous
Est brillant et doux :
C'est le tien, sans doute.

Vois, dès qu'il a lui,
Le vaisseau vers lui
A dressé l'antenne;
Ses mouvants rayons
Tracent des sillons
Vers la mer lointaine.

Suivons le chemin
Qu'indique la main
Pleine de lumière;
Suivons le flambeau
Dont l'éclat si beau
Baigne ta paupière.

Il nous conduira
Au pays d'Agra
Qu'arrose le Gange,
Parmi les palmiers
Où les blancs ramiers
Ont des ailes d'ange.

Nous verrons des cieux
Plus délicieux
Que ceux de nos rêves,
Et des flots rosés
Posant des baisers
Aux lèvres des grèves.

De suaves fleurs
Aux vives couleurs,
Où flotte l'ivresse,
Mettront des parfums
Dans tes cheveux bruns
Que le vent caresse.

Prise entre mes bras,
Tu réchaufferas
De ta molle haleine,
Ainsi qu'un enfant,
L'amour triomphant
Dont notre âme est pleine;

Et nous lèverons
Tous les deux nos fronts
Vers le ciel sans voile
Afin de mieux voir,
Dans l'azur du soir,
Luire ton étoile.

La Mer et les Escales

A Sully Prudhomme.

MATINÉE AU BORD DE LA MER

Le resplendissement d'un soleil radieux
Sur la mer qui s'éveille ouvre des milliers d'yeux
Pleins de fauves regards dont la flamme étincelle.
Hors du golfe d'argent glisse une balancelle
Reflétant dans les eaux, capricieux miroir,
Sa grande voile blanche et son svelte flanc noir.
Après avoir doublé, d'un coup d'aviron brusque,
Le cap au pied duquel l'écueil sombre s'embusque,
Elle va vers l'azur des lointains horizons
Où la lame et le vent sont purs des trahisons
Que le calme trompeur des rivages recèle.
Poète, ô doux esprit, comme la balancelle,
Évite les abords périlleux du récif;
Garde-toi de la foule, et va, le front pensif,
Sur les mers, sur les monts, dans le bois solitaire
Dont rien ne peut troubler l'ineffable mystère;
Va, jouis librement, sous le large ciel clair,
Des immortels baisers du soleil et de l'air,
Loin des pièges de l'homme, et des amitiés louches
Mêlant le fiel des cœurs au sourire des bouches.

*
* *

L'AMOUR humain parfois a les douceurs
De tes flots cadencés en rythmes si berceurs
Que l'on voudrait mourir sur ton sein sans secousses,
Océan des chansons et des caresses douces!

L'Amour humain souvent a l'amertume
De tes flots pleins d'angoisse et d'ombre, ô morne mer,
Quand la brise des soirs assombris par la brume
Semble souffler la mort sur ton visage amer!

SOLITUDE

Pourquoi cette plainte éternelle,
O toi si libre cependant,
Toi dont la vague au vol ardent
Se gonfle à ton gré comme une aile?
— Ami, me répondit la mer,
Si mon hymne est souvent amer,
C'est que ma douleur est profonde :
Je suis toute seule ici-bas,
Et, jour et nuit, je chante, hélas!
Sans une âme qui me réponde!

LES VAGUES

A Madame Camille Marx-Lange.

Les belles vagues, coiffées
D'algues en guise de fleurs,
Disaient : « Nous sommes les fées
Berceuses de vos douleurs.

« Ceux qui viennent sur les grèves
Nous conter leur désespoir
S'en retournent pleins de rêves
Qui les charment tout un soir.

« Et ceux que plus rien ne charme,
A part l'espoir de mourir,
Ni le baume d'une larme,
Ni la saveur d'un soupir,

« Nos fluides bras d'amantes
Les attirent doucement :
Oh ! venez loin des tourmentes,
Vous à qui le bonheur ment;

« Venez à nous, car nos couches
Sont plus molles que vos lits,
Et les baisers de nos bouches
Versent les divins oublis. »

DÉPART

Où va-t-il, ce vaisseau qui traîne son sillage
Comme un filet d'argent plein de cœurs anxieux?
Sa mâture déjà disparaît à vos yeux,
Parents qui sanglotez, épars sur le rivage!

Qu'il vogue vers le Nord, assailli par l'orage,
Ou vers le Pacifique aux flots capricieux,
Reviendra-t-il? Hélas! que de tristes adieux
Accompagnent le dur et périlleux voyage!

Si nous pleurons, songeant aux dangers incertains,
Ces exilés partis pour les pays lointains
Où nous pouvons les suivre au moins par la pensée;

Si nous pleurons ceux-là, quels pleurs doit notre amour
A tant d'âmes qu'emporte une sombre odyssée
Vers des cieux inconnus et fermés au retour!

L'HAUSSIÈRE

L'ARRACHEMENT, soudain comme un coup de surprise,
D'une étreinte chérie, au cri strident des trains,
Oh ! ce ne sont point là les adieux que je crains :
On sent peu le choc brusque où tout l'être se brise.

Mais un départ sur mer ! — La voile attend la brise ;
Avant d'appareiller on laisse fuir les grains :
Goutte à goutte l'amie épanche ses chagrins
Au sein de l'exilé, qui souffre et se maîtrise.

Que les vaisseaux sont lents à s'éloigner du port !
Que longuement les cœurs sentent venir la mort,
Broyés fibre par fibre au point d'être en poussière !

O trop heureux époux blottis en vos doux nids,
Vous ne saurez jamais les tourments infinis
Que renferme le temps de larguer une haussière !

LES ADIEUX

Que la mélancolie adorable du soir,
Hélas! est douloureuse à l'âme qui s'exile!
Quel bruit morne fait l'ancre en montant au bossoir!
Oh! les bois où l'amour nous offrait un asile!

Je reconnais l'aimée en ses vêtements blancs,
Celle qui m'enivra de tendresse immortelle :
Debout sur la falaise, entre ses doigts tremblants,
Elle agite dans l'air un mouchoir de dentelle.

Le navire appareille. Oh! que mon cœur a froid!
Autour de ta blancheur flotte une écharpe sombre,
Ma pauvre aimée! — Adieu! — La distance s'accroît
De tout ce que la nuit entre nous verse d'ombre.

Les feux dont la clarté vacille sur le port
Pour mon étrange peine ont des larmes de flamme;
Dans le bleu noir du ciel, profond comme la mort,
Chaque étoile qui naît palpite ainsi qu'une âme.

Ames des êtres chers disparus à jamais,
Étoiles qu'embellit, lumineux diadème,
Le vivant souvenir de tous ceux que j'aimais,
C'est mourir que d'aller loin de celle qu'on aime.

La nuit et l'Océan recouvrent d'un linceul
Les défuntes splendeurs de nos heures si douces.
La terre semble fuir. — Oh ! que je me sens seul !
Nous ne cueillerons plus de fleurs parmi les mousses.

Les feux dont la clarté vacillait sur le port
Se fondent vaguement en un faisceau qui tremble,
Et ta blancheur s'abîme aux ténèbres du bord...
Oh! le parfum des bois où nous errions ensemble!

Plus de feux sur le port : l'eau, le ciel et la nuit!
Partout l'horreur obscure a répandu ses voiles.
L'eau, la nuit et le ciel ! Le navire, sans bruit,
Vogue sous les regards attendris des étoiles.

LE CIMETIÈRE AU BORD DE LA MER

A mon frère Paul Olivaint.

Dans la brume déjà disparaissait Marseille.
Voyageur sans repos, je naviguais encor
Vers les lointaines mers et vers l'Inde vermeille.
Où l'astre oriental répand ses rayons d'or.

Suprême adieu de France au seuil d'exil, la Corse
Dressa, dans les vapeurs de l'horizon tremblant,
Les cimes de ses monts à la rugueuse écorce,
Dont la base trempait au sable étincelant.

Le vaisseau s'approcha de cette côte altière,
Assez près pour qu'on pût distinguer sur le bord,
A la pointe du Cap, les croix d'un cimetière,
Semblables à des mâts dépouillés, dans un port.

Immobiles et nus, ces mâts, de leurs bras mornes
Montrant les mâts voilés, alertes et vivants,
Murmuraient : « Beau vaisseau, par l'espace sans bornes
Vogue sous la caresse enivrante des vents.

« Accoudant votre rêve au long du bastingage,
Laissez errer vos yeux, marins et passagers,
Sur la lame propice au langoureux tangage,
Et sur les archipels embaumés d'orangers.

« D'un regard éperdu scrutez la mer immense
Pour savoir, loin d'un monde hypocrite et berneur,
Ce que d'autres climats promettent de clémence,
Ce que d'autres foyers renferment de bonheur.

« Ce navire, qui traîne un glorieux sillage,
N'est point, ô voyageurs, à l'abri des écueils,
Et ses débris, jetés par le flux sur la plage,
Sont destinés, peut-être, à former vos cercueils.

« Les mâts, dont mollement la voilure se bombe
Sous la vergue fléchie au caprice des airs,
Quelque jour marqueront peut-être votre tombe,
Rigides et pensifs dans les sables déserts.

« Ils seront, comme nous, les croix hautes et graves,
Les mâts des sombres nefs en rade de la mort;
Et vous, marins errants ainsi que des épaves,
Vous connaîtrez enfin l'apaisement du port.

« Voguez; faites claquer au vent vos oriflammes;
Promenez sur les mers l'insatiable espoir;
C'est vers le grand repos que vont toutes vos âmes,
Comme un essor d'oiseaux vers l'asile du soir. »

MER ET CIEL

DOUCE comme un sourire ou terrible, la mer
S'élève vers le ciel radieux ou plein d'ombre;
Le ciel jusqu'à la mer resplendissante ou sombre
Incline son manteau de brume ou d'azur clair.

Par la route brillante et brève de l'éclair,
Par l'orbe du soleil, qu'il surgisse ou qu'il sombre,
Par des rayons de lune ou d'étoiles sans nombre,
D'harmonieux accords joignent l'onde et l'éther.

Et, dans mon être aussi, le firmament de l'âme,
Orageux ou serein, lumineux ou sans flamme,
Se mêle à l'océan, pur ou trouble, des sens :

La folle passion par l'esprit caressée
Se répercute aux nerfs qu'elle rend languissants;
Mais un corps chaste éveille une forte pensée.

LES NYMPHES DE LA MER

La nuit silencieuse et pensive descend.
Sous les clairs regards d'or que dardent les étoiles,
Les Nymphes de la Mer, développant leurs voiles,
Dressent leur corps fluide au flot phosphorescent.

Les Nymphes de la Mer, brillantes et fleuries,
Dansent avec lenteur à l'entour du vaisseau;
De leur manteau d'azur s'échappe en frais ruisseau
La liquide splendeur des fines pierreries.

Les Nymphes de la Mer laissent négligemment
Rouler dans le sillage et sur les molles vagues
Leurs bracelets jaspés, leurs colliers et leurs bagues;

Tandis qu'au long du bord, dans le rayonnement
Croisant les feux de l'onde aux feux du firmament,
Le divin Rêve luit parmi leurs formes vagues.

L'ARC-EN-CIEL

Le soleil reparaît; la pluie et la rafale
Ne fouettent plus la lame en un tournoiement bref;
La mer décèle à peine un reste de grief
Par le plaintif et doux murmure qu'elle exhale.

L'arc-en-ciel, dans les flots plongeant ses bras d'opale,
Portail immense ouvert sur une immense nef
Où des nuages d'or courent en bas-relief,
Dresse au dôme immortel sa courbe triomphale.

Sous le cintre de flamme et d'éblouissement
S'avance un quatre-mâts fier d'avoir vaillamment
Repoussé les efforts de la tempête noire;

Sa voile est en lambeaux et ses flancs sont meurtris;
Mais, libre du combat dont la palme est le prix,
Il pénètre vainqueur dans le temple de gloire.

LES OISEAUX DE MER

Dans un miroitement de splendeur répandue
Par leurs vols argentés, tantôt vifs, tantôt lents,
Les nomades des mers, mouettes, goélands,
Poursuivent le vaisseau sur la glauque étendue.

Leur valse langoureuse ou leur ronde éperdue
Promène au long du bord ses détours nonchalants,
Heurte contre les mâts en de brusques élans,
Ou dans les noirs agrès demeure suspendue.

Vêtu par les oiseaux de scintillants paillons,
Le steamer se fait jour parmi les tourbillons
De vivantes blancheurs dont leur essaim l'assiège;

Et ce golfe indien semble un fiord de Norvège,
Car le soleil de pourpre a voilé ses rayons
Sous les flocons épars de leurs ailes de neige.

VILLE D'AFRIQUE

A Monsieur l'Abbé Henry Mœller.

Sur l'argent de la rade un grand soleil flamboie.
Ses rayons, éperdus de lumière et de joie,
Accrochent une aigrette aux tarbouchs des rameurs
Qui, dans un tourbillon d'indécises rumeurs,
Enlèvent, en heurtant les boutres des Comores,
Leurs pirogues au vol des avirons sonores.
Au milieu du rivage aux sables éclatants,
Silencieux et clos, le palais des Sultans
Dans la torpeur du rêve engourdit ses sultanes.
On voit, de loin de loin, des tours mahométanes
Profilant leur blancheur sur le ciel clair et doux.
Méhéhiris d'Aden et noirs Mohadimous
Promènent fièrement leurs loques par la rue
Étroite et caillouteuse, et que l'ordure obstrue,
Ou fument, accroupis en travers d'un portail,
Effleurant du genou les fleurons du vantail,
Et la tête appuyée au mur de terre sèche.
Des fantassins, armés de vieux fusils à mèche,
Mercenaires persans, cipayes de Zekki,
Portant casque de liège et dolman de khaki,

Cadencent leur pas vif aux sons aigres des fifres.
Des banians hindous se courbent sur leurs chiffres
Aux gradins des bazars, où les étoffes d'or
S'amoncellent auprès des bijoux de Lahor
Et des minces poignards engainés dans l'ivoire.
Et l'astre en flamme épand la splendeur de sa gloire
Sur les fleurs et les fruits entassés à l'étal
Des marchés où, parmi les parfums du santal
Et de la myrrhe prise au cap des Aromates,
Des femmes, les cheveux tressés en fines nattes,
Les oreilles, le col, les jambes et les bras
Embarrassés d'anneaux qu'on cisèle à Madras,
Les pieds nus ou chaussés d'espadrilles d'Espagne,
Rejetant sur le dos les franges de leur pagne
Dont le crépon léger se tisse à Karatchi,
Marchandent le cédrat, la mangue et le letchi,
Dans un confus et sourd bourdonnement de ruche.
Sur son crâne crépu portant d'aplomb sa cruche,
La négresse d'Habesch, d'Harar ou du Darfour
Vient puiser l'eau du puits au coin d'un carrefour,
Belle en sa majesté sculpturale et biblique.
Et, dans les vents de feu que la sauvage Afrique
Pousse vers le canal qui baigne Sâdani,
S'exhale d'Occident le mystère infini
Des lacs d'azur, des monts échevelés ou chauves,
Et des grands bois hantés d'hommes noirs et de fauves,
Tandis que les vaisseaux mouillés au fond du port
Éveillent le regret de l'Europe et du Nord,
Et que, sur la mer bleue où le soleil s'étale,
Flotte le souvenir de l'Inde orientale.

IL BACIO

A Auguste Dorchain.

ZANZIBAR, engourdi de rêve et de paresse,
Berçant des palmes d'or sur l'Océan vermeil,
Offrait ses carrefours à l'ardente caresse
Qui montait de la mer et tombait du soleil.

Un resplendissement s'épanchait dans ses fanges,
Et les angles des murs, aveuglés de rayons,
Versaient des bandes d'ombre et de lumière en franges
Sur les pavés grouillants de nègres en haillons.

Les maisons ressemblaient aux décors des féeries;
Au fond des portails bleus incrustés de dessins,
Les vantaux entr'ouverts montraient les cours fleuries
Où tinte en bondissant le cristal des bassins.

Mais, à ma vue, avec un bruit sourd de babouches,
Des femmes s'enfuyaient dans leurs burnous légers,
Ramenant brusquement leurs voiles sur leurs bouches
Pour éviter l'affront des regards étrangers.

Les portes aux panneaux ajourés en rosace
Tournaient sur leurs gonds noirs leurs pentures de fer,
Pour soustraire à mes yeux le secret d'une race
Dont je sentais peser le mépris triste et fier.

Leurs battants, ô muette et cruelle attitude
Des logis défiants qui ne s'ouvrent jamais !
Dressaient un froid refus devant ma solitude
Soucieuse d'accueil, loin de ceux que j'aimais.

Et j'errais lentement, plein de mélancolie,
Entre les murs hautains où je heurtais mon cœur,
Comme aux murs de la geôle où sa chaîne le lie
Un captif vient frapper son front lourd de rancœur.

L'indifférence hostile, à chaque pas accrue,
Resserrait ma tristesse en un cercle étouffant,
Quand, soudain, j'entendis, au détour d'une rue,
Le son d'un piano sous une main d'enfant.

J'approchai ; j'aperçus, par la porte mi-close
D'une demeure anglaise à l'aspect souriant,
Devant un vieux Pleyel, une fillette rose,
Frêle fleur transplantée en ce morne Orient.

Elle essayait un air simple, naïf et tendre,
Dont les phrases naissaient gauchement sous ses doigts,
Mais qui me fut si doux que mon âme, à l'entendre,
Vit voltiger l'essaim des heures d'autrefois.

Je reconnus cet air, appris dans mon enfance,
O mère, quand j'avais ton cœur où déposer
Les angoisses d'un cœur maintenant sans défense :
C'était, il m'en souvient, la valse du *Baiser*.

Alors, palmiers dorés par le soleil d'Afrique,
Larges voiles de femme aux plis mystérieux,
Tout le troublant décor de la ville féerique
Disparut, comme un songe éphémère, à mes yeux.

J'oubliai les grands murs ruisselants de lumière
Qui, m'entourant ainsi qu'un funèbre linceul,
Isolaient mon exil sous leur blancheur altière;
Il n'était plus d'exil, et je n'étais plus seul.

Ces notes, mollement et sans art égrenées,
Évoquèrent, au gré de leur magique appel,
Le souvenir perdu de mes jeunes années,
Et l'intime douceur du logis maternel.

Par delà les longs jours des stériles voyages
Où, sur les flots sans fin des plus lointaines mers,
J'ai semé les espoirs dans l'argent des sillages,
Hélas! sans m'alléger de mes regrets amers;

Par delà les douleurs errantes de ma vie,
Tel m'apparut cet âge ineffable et si pur
Où le rêve montait dans mon âme ravie
Comme un astre naissant monte au sein de l'azur.

L'homme s'élance en vain par le temps et l'espace;
De tout ce qu'il aimait, de tout ce qu'il a fui,
Il croit qu'à chaque pas quelque chose s'efface,
Et qu'il laisse, en marchant, la mort derrière lui.

Mais qu'un air oublié s'élève sur la route,
Il arrête sa course à cet hymne vainqueur;
Il sent, baigné d'extase à la voix qu'il écoute,
Le passé qui dormait s'éveiller dans son cœur.

NUIT D'AFRIQUE

A Henri Chantavoine.

J'ERRAIS dans la terreur de l'Afrique nocturne
Pleine de grondements grandissants et de cris;
La lune funéraire épandait comme une urne,
Cendres de souvenirs, ses mornes rayons gris.

Et le ciel était gris, et la terre était grise;
Et mon cœur ressentait, sous les ombres du soir,
Plus douloureusement l'immense désespoir
De cette solitude où tout l'être s'enlize.

La solitude autour de moi sinistrement
Montait avec la mer rude des hautes herbes;
Mais mon âme, à l'appel d'un invisible aimant,
Retournait aux sillons où les miens font leurs gerbes.

Mon âme s'envolait vers le vallon natal,
Où les oiseaux en chœur chantent leur douce antienne.
Au lointain hurlement lugubre de l'hyène
Répondait l'aigre aboi saccadé du chacal.

L'herbe montait toujours; elle atteignait ma bouche,
Et son voile aveuglant s'étendait sur mes yeux;
La solitude aussi, de plus en plus farouche,
Montait... Coteaux et prés de mon pays joyeux!

Clairs ruisseaux gazouillant parmi les gazons souples!
Oh! foulerai-je encor les chemins familiers
Où vibraient, fol essaim, nos rires d'écoliers
A l'heure où, las du joug, les bœufs rentrent par couples?

Reverrai-je s'ouvrir la discrète maison
Dont s'exhalait le souffle en légère fumée,
Et dont les murs étroits limitaient l'horizon
Où mon âme enfantine était toute enfermée?

Dans la broussaille, horreur! je m'enfonçais toujours!
La fièvre, en une fade et molle odeur de vase,
Rampait; mais ma pensée, au ciel de son extase,
Cherchait tes ailes d'or, ange de mes amours!

Par endroits, reluisaient, dans l'herbe grise et grasse,
Des regards carnassiers sous de lourds sourcils roux...
Je songeais, ô trésor de bonté, fleur de grâce,
Au charme reposant de tes grands yeux si doux.

O ma patrie, ô toi qu'entre toutes l'on vante,
France, tu me tendais tes bras de paradis
Chargés de mon bonheur laissé là-bas, tandis
Que m'engouffrait vivant la terre d'épouvante!

NOSSI-BÉ

BERCEMENT du feuillage aux terrasses d'Hell-Ville!
Arbres des mangues d'or, sous vos dômes épais
Combien de cœurs meurtris ont cru trouver la paix
Dans l'île solitaire où le sort les exile!

Mais, près de vos rameaux penchés sur leur asile,
Au revers des villas, croupissent des marais
Où des crapauds impurs fermentent pour l'engrais
De la fièvre, poison que la vase distille.

Dans les fleurs, dans l'azur, dans la lumière, tels
Vivent des émigrés sous les souffles mortels
Dont la nature aimable et perfide les frôle;

Et tels nous vivons tous, ô cieux, à vos clartés!
Sur le théâtre humain nous jouons notre rôle
Dans l'horreur des tombeaux béants à nos côtés.

LES SAUVETEURS

A Gaston Deschamps.

Les chevaux de la mer, avec un cri sauvage,
Roulent à grand fracas les galets du rivage;
L'étincelle jaillit de leurs sabots d'argent;
L'ouragan, d'un poing lourd, soulève leur crinière,
Où, versant la splendeur de sa flamme dernière,
Le soleil fait jouer un long reflet changeant.

Au large, un paquebot, qui se cabre et s'ébroue,
Dresse comme un poitrail l'acier noir de sa proue,
Replonge, en excavant la profondeur des eaux,
Et, dans un grondement de bête abandonnée,
Surgit sous la vapeur qu'épand sa cheminée
Par deux énormes trous pareils à des naseaux.

Les marins de la rade, au signal de détresse,
Ont quitté sur le seuil humble et riche en tendresse
Leur femme et leurs enfants brisés par les sanglots;
Ils ont armé leur mince et fragile nacelle
Que refoule en fluant le flot qui la flagelle,
Que la plage au reflux rejette dans les flots.

Les galets et les rocs égratignent la quille
De la barque, dont craque et bondit la coquille
Sous l'effroi du récif et des gouffres ouverts;
Au sein de la mêlée innombrable et diffuse
On pousse vainement le canot qui refuse,
Cule devant la vague et se met en travers.

Mais un suprême effort le lance dans les lames,
Et, déchirant l'écume à coups brusques de rames,
Bravant en même temps la tempête et l'écueil,
Ils s'en vont, ces héros obscurs, sur la mer fausse
Où, de leurs avirons, ils creusent une fosse
Pour eux et le bateau qui sera leur cercueil.

Au profond de l'abîme où l'Océan les plonge,
Ils semblent disparaître ainsi qu'au gré d'un songe
Quelque image indécise apparue un moment;
La barque, par éclairs, sur les crêtes s'élève,
Comme, sur la douleur, une espérance brève,
Et, sous des masses d'eau, s'engloutit lourdement.

La nuit s'étend. L'horreur croissante des ténèbres
N'offre plus qu'un point noir que des courants funèbres
Entraînent vers la brume où se fond le vaisseau;
Puis, tout s'évanouit dans l'ombre. La mer tombe
Et s'enfonce au silence immense de la tombe...
Une lampe, là-bas, veille auprès d'un berceau.

C'est l'heure où les enfants, dont l'âme toute blanche
Sait qu'un regard sur eux du haut du ciel se penche,
Avant de s'endormir joignent leurs douces mains,
Et laissent s'envoler leurs limpides prières
Vers les marins en proie aux ondes meurtrières,
Et vers les voyageurs perdus sur les chemins.

Heures de Bourbon

A ma chère Femme.

LA MUSE DE BOURBON

Le silence et la paix d'une fraîche varangue.
Engainés de liane en fleur, des badamiers
Étagent leurs rameaux où tremblent les ramiers
Quand plane au-dessus d'eux le vol d'une papangue.

Le frisson du feuillage enveloppe la mangue.
Sur les flots, à travers l'or bleui des cimiers
Qu'à leurs fronts, dans la brise, agitent les palmiers,
On aperçoit les mâts d'un navire qui tangue.

Et, caressant la mer et le ciel infinis,
De Saint-Paul qui sommeille au riant Saint-Denis
S'élève une voix chère aux lieux où je m'exile;

Car, près de vos berceaux visités par les Dieux,
Une Muse redit vos vers mélodieux :
Parny, Dierx, et toi, Maître, ô Leconte de Lisle!

L'ILE AU RÊVEIL

A Léon Dierx.

Que l'île à son réveil est souriante et douce!
Dispersant la rosée et les fleurs sur la mousse,
Elle berce au sommet de ses sveltes roseaux
Des rayons de soleil et des chansons d'oiseaux,
Et laisse indulgemment jouer entre ses palmes
Les souffles embaumés, capricieux ou calmes,
Qui frôlent la montagne et glissent sur la mer.
Ses hauts pitons, dressés sous le firmament clair,
A l'heure étincelante où l'orient s'allume,
Rejettent leur manteau de vapeurs et de brume,
Pour paraître en l'éclat d'un justaucorps vermeil.
Que l'île est souriante et fraîche à son réveil!
Un resplendissement de lumière l'inonde.
Heureuse et solitaire aux limites du monde,
Elle ne connaît point l'ennui de nos cités,
Et ses bois odorants ont des complicités
Pour les cœurs pleins d'aveux qui cherchent ses ombrages.
Les flots dont la douceur caresse ses rivages

Ont la suavité d'un murmure d'amour.
Quand l'île se réveille, elle apparaît au jour
Dans un rayonnement de perle orientale.
L'Océan d'émeraude autour d'elle s'étale
Comme un tapis où brille un joyau précieux.
Que l'île est souriante et belle sous les cieux!
Puissent nos vains désirs et nos soins fuir ses grèves,
Et ne troubler jamais la blancheur de ses rêves!

LES RÊVES

A Monsieur Paul Samary.

VERS la varangue chère aux oiseaux familiers,
Parmi les martins noirs et les verts moutardiers,
Du promontoire aigu tourmenté par la houle
Au vallon qu'emplit d'ombre un bois de lataniers,
L'essaim capricieux des Rêves se déroule,
Parmi les martins noirs et les verts moutardiers,
Vers la varangue chère aux oiseaux familiers.

L'essaim des Rêves d'or, en sa molle volée,
Harmonieusement monte de la vallée
Où la rivière glisse au milieu des roseaux;
Nulle heure n'est plus douce à mon âme exilée
Que l'heure où, se mêlant à l'essaim des oiseaux,
Harmonieusement monte de la vallée
L'essaim des Rêves d'or, en sa molle volée.

L'essaim des Rêves d'or, l'essaim resplendissant,
Enflant son vol de flamme au souffle caressant
Que baigne un frais parfum de vanille et de mangue,
Des montagnes d'azur vers la plaine descend ;
Il descend et se joue aux fleurs de la varangue,
Enflant son vol de flamme au souffle caressant,
L'essaim des Rêves d'or, l'essaim resplendissant.

L'essaim des Rêves d'or joyeusement s'élève
De la rade où s'étend la houle et de la grève
Où la lame à bruit sourd roule les galets noirs ;
O Rêves radieux, volez, volez sans trêve !
Mon cœur s'ouvre à l'aurore et renaît aux espoirs :
De la rade où s'étend la houle et de la grève
L'essaim des Rêves d'or joyeusement s'élève.

Rêves de ma jeunesse, ouvrez vos ailes d'or !
Puisque dans mon ciel sombre un rayon brille encor,
O vous qui m'effleurez d'un vol chargé d'ivresse,
Beaux Rêves, emportez mon âme en votre essor
Aux rivages bénis dont le regret m'oppresse !
Puisque dans mon ciel sombre un rayon brille encor,
Rêves de ma jeunesse, ouvrez vos ailes d'or !

MÉRIDIENNE TROPICALE

A Philippe Dufour.

Les rayons du soleil, pointant leurs fers de lance,
Font miroiter la mer comme un bouclier d'or;
Tout languit et se tait; seul, un vol de condor
Dans l'air appesanti lentement se balance.

Sous leur feuillage fauve et lourd de somnolence
Abritant les oiseaux paresseux à l'essor,
Les palmiers, dans l'azur, découpent le décor
D'un théâtre d'ennui, de rêve et de silence.

Par ces mornes splendeurs mes regards accablés
Retrouvent sur les flots la houle des grands blés
Ondulant sous le ciel lointain de la patrie;

Et, plus fort que l'exil, un souvenir vainqueur,
Dernière goutte au fond d'une source tarie,
Brille encore au calice épuisé de mon cœur.

PLUIE ET SOLEIL

Un réveil de splendeur, au fond du ciel changeant,
Découvre un pan d'azur sous la nappe de suie,
Et de roses rayons se croisent dans la pluie,
Ainsi qu'un filet d'or à des cheveux d'argent.

Des oiseaux, éployés sur le bois émergeant
De l'averse moins vive et de la brume enfuie,
Égouttent leurs manteaux que le soleil essuie,
Et vont vers la clarté, dans un vol diligent.

Et soudain s'élargit la porte de lumière
Qu'avait entre-bâillée, en montrant sa paupière,
L'astre qui, maintenant, brille de toutes parts;

Et les réseaux vermeils serrent leurs mailles chaudes
Sur l'eau qui fait jouer, entre ses crins épars,
Les verts paradisiers, vivantes émeraudes.

LES CASCADES

DIEU célèbre la fête immortelle des choses.
Sur les monts égayés de palmiers que fait roses
L'épanouissement réjoui du soleil
Qui verse à pleins rayons son sourire vermeil,
Sveltes, leurs blonds cheveux dénoués, les fougères
Se bercent mollement sous les brises légères,
Avec des gestes doux, comme un groupe joyeux
De femmes devisant à la clarté des cieux.

Les palmes, que le vent courbe en souples arcades,
Couvrent de leur ombrage un essaim de cascades
Dont les minces filets vont en s'élargissant
D'arbre en arbre, le long du rapide versant,
Jusqu'au fond de la gorge où le torrent s'étrangle,
Et, sous chaque palmier, chaque brillant triangle
D'eau jaillissante semble, en ce calme décor,
Un éventail d'argent sous un parasol d'or.

PAYSAGE

La mer paraît un lac calme et pur. La lumière
Y brille comme au cœur sans remords la prière.
Un promontoire, à l'ouest, avance son front noir,
Où des nuages d'or mollement viennent choir
En même temps qu'un vol de grands oiseaux sauvages.
Un sourd bruissement court le long des rivages,
Dont le manteau de sable a des franges d'argent.
Un navire, effleuré d'un souffle diligent,
Gonfle sa voile blanche et cingle vers Maurice.
Tandis que mon regard le suit dans son caprice,
Un palmier, de la plage, étend sur les flots bleus
Ses palmes qu'il agite en des gestes d'adieux.

NOCTURNE

Le flot calme sa plainte, et la ville sommeille;
Hors l'aboiement des chiens qu'épouvante la nuit,
Et la voix des veilleurs marquant l'heure, aucun bruit
Dans les noirs carrefours ne vient frapper l'oreille.

Mais l'Ombre souriante incline sa corbeille
Pleine d'étoiles d'or, et le rayon qui luit
Sur la riche demeure ou sur l'humble réduit
Fait à l'âme un chemin vers la sphère vermeille.

Et par ce fil brillant s'élèvent jusqu'au ciel
Les regrets, les désirs et l'espoir éternel
Qui remplissent, hélas! nos existences brèves;

C'est pourquoi l'invisible et mystique encensoir
Balancé par la brise en la douceur du soir
Mêle au parfum des fleurs le parfum de nos rêves.

LE VENT DE MER

Oh! que le vent de mer avec tristesse pleure!
Écoute : on croit entendre au milieu des palmiers
Un long roucoulement douloureux de ramiers...
Transformons en doux miel l'amertume de l'heure.
Laissons, laissons gémir la brise sans émoi.
Mon âme, isolons-nous : viens t'asseoir près de moi.
Oh! viens : je te lirai des vers de Lamartine,
Lamartine, ce cœur sublime et transparent,
Calme comme un sommet d'où roule un fier torrent,
Et pur comme au vallon la fontaine argentine.
Nulle voix n'est suave ainsi que cette voix.
Oh! viens : je te lirai la *Source dans les Bois*,
La source au vieux dauphin tout verdi par le lierre,
Et dont les flots fuyants apprennent à mourir.
Je te lirai, veux-tu? quelque blanche prière,
Rayon pris au foyer que rien ne peut tarir,
Et nous nous bercerons tous deux parmi les voiles
De la splendeur nocturne où flottent les étoiles.
Tu verras avec moi le sauvage Milly
Par l'amour filial du poète embelli,

« *Où le vieillard, assis au seuil de sa demeure,*
Dans son berceau de jonc endort l'enfant qui pleure, »
Et nous soupirerons près du lac embaumé
Où vit, toujours vibrant, le souvenir aimé.
Oh! viens : nous verserons des larmes sur Laurence,
Et nous suivrons Cédar sous le joug de Ségor,
En écoutant chanter le chœur des cèdres d'or.
Et tandis que, brûlants d'amour et d'espérance,
Les vers, dans leur essor chaste et mélodieux,
Emporteront notre âme au plus profond des cieux,
Si paresseusement pour nous glissera l'heure
Que nous n'entendrons plus le vent de mer qui pleure.

A CELLE QUI EST PARTIE

Dans le silence affreux de ma demeure aride,
Combien l'heure aujourd'hui lentement se dévide!
Oh! depuis ton départ, que l'humble logement,
Hélas! s'est agrandi de cet isolement,
Lui qui nous paraissait si petit, chère femme,
Quand il était rempli du souffle de ton âme!
L'âme de la maison s'en est allée au loin.
Désormais sans emploi, les meubles, dans leur coin,
Tristes, se sont blottis pour tenir moins de place.
Tes gestes familiers ont laissé dans la glace,
Où, rêve de blancheur, ton image tremblait,
Le reflet affaibli de leur brillant reflet.
Quoi! se peut-il que j'ouvre ainsi ton boudoir rose
Sans qu'aussitôt sur moi ton doux regard se pose!
Se peut-il que le siège où tu venais t'asseoir
Reste vide devant la table, et que ce soir,
Que demain, que toujours, en contemplant ta couche,
Je la trouve muette, immobile et farouche!
J'erre de chambre en chambre, et j'écoute, et je crois,
O mon aimée! entendre à tout moment ta voix,

Et je parle, espérant en vain qu'elle réponde.
J'ai cette impression que je suis seul au monde,
Et, dans les lieux déserts où vivait mon bonheur,
Rien ne peut animer le désert de mon cœur.

A CELLE QUI M'ÉCRIT DE FRANCE

TON âme d'aujourd'hui, l'ai-je, ma douce amie?
Oh! tu l'as mise toute en ta lettre, et j'y crois!
Mais cette lettre, pense! Elle est vieille d'un mois,
Et si rapidement nous transforme la vie!

Ces brillants mots d'amour, chastes comme des lys,
Qui viennent m'éclairer de leur pure lumière,
Certe, ils reflètent bien ton âme coutumière,
Mais sont-ils vrais encore à l'heure où je les lis?

Pense! Un mois tout entier! Dans ce mois, ô mon ange,
Entre ton cœur qui parle et mon cœur qui l'entend
Il a pu se glisser tant de rêves, et tant
De ces choses, hélas! qui font qu'un être change!

Te soupçonner? Vois-tu, j'aurais trop de remord!
Mais le cœur le plus sûr est parfois pris au piège;
L'absence n'est pas bonne à l'amour; puis, que sais-je?
Peut-on vivre si loin sans songer à la mort?

Qu'il est dur, chère femme, au pauvre homme qui t'aime
De se dire, en lisant ta lettre où rien ne ment :
« Le cœur qui la dicta bat-il en ce moment ?
Ce cœur, s'il bat toujours, bat-il toujours de même ? »

A UN MONTAGNARD

Pour Monsieur Henry Soinoury.

I

Vous voici devenu l'hôte du mont sonore,
Où le bois, que jamais l'automne n'a jauni,
Éparpille, au matin, dans l'azur infini,
Des carillons d'oiseaux pour saluer l'aurore!

Les arbres, dites-moi, connaissent-ils encore
Les vers mélodieux que soupirait Parny
Quand, sous leur dôme sombre errant comme un banni,
Il fuyait son ingrate et chère Éléonore?

Les rêves, j'en suis sûr, papillons délicats,
Assaillent votre esprit délivré des tracas
Et du bourdonnement d'une foule importune;

Et, la nuit, vous voyez, si vous levez les yeux,
L'ange noir qui suspend les astres dans les cieux
Rouler sous ses pieds lourds le globe de la lune.

II

Ami, vous trouverez peut-être que mon rêve
Souvent vers vous s'exhale en un poème amer :
Hélas ! c'est qu'à mes pieds j'entends gémir la mer
Qui brise tristement sa lame sur la grève.

Vous vivez sur les monts, où, se gonflant de sève,
L'âme se rassérène aux purs souffles de l'air :
C'est pourquoi votre esprit, harmonieux et clair,
Vers le limpide azur joyeusement s'élève.

Aux bords des continents qu'ils effleurent, les flots
Recueillent nos désirs, nos regrets, nos sanglots,
Et toutes les douleurs passent dans leurs murmures ;

Mais rien ne peut troubler le bonheur immortel
Des cimes, et le vent qui berce leurs ramures
Est vierge des rumeurs de l'homme : il vient du ciel !

AU POÈTE PIERRE DE BOUCHAUD

Du Bellay, te montrant le chemin enchanté,
Dit la gloire de Rome, et la mélancolie
De l'exil loin d'Anjou dans ses rimes s'allie
A l'ivresse de vivre au séjour de Beauté.

Quand tu vis à ton tour l'immortelle cité,
Ta lyre, d'un reflet de splendeur embellie,
Courba ses cordes d'or sous le ciel d'Italie,
Afin d'en célébrer l'antique royauté.

Tes chants ont retenti dans cette île d'Afrique;
Je les ai confiés au souffle du Tropique
Pour qu'il les chuchotât, le soir, aux palmiers verts;

Oh! puisse-t-il, poussé jusqu'à la France aimée,
Garder, en t'apportant cette gerbe de vers,
L'odeur dont l'amitié l'a toute parfumée!

FIN D'ANNÉE

A Jean Renouard.

En nos climats brumeux, la nature fanée,
Lorsque décembre meurt, semble porter le deuil;
La neige, à flocons lourds, comme sur un cercueil,
Tombe sinistrement sur la défunte année.

En décembre, à Bourbon, la nature est ornée
De feuilles et de fleurs, et, pour leur faire accueil,
Aimable et souriante, elle attend sur leur seuil
Les jours nouveaux offerts à notre destinée.

Tristes hivers, pleurez l'heure près de finir!
O soleil tropical, brille vers l'avenir!
Sous tous les cieux, pour moi, cette minute est sombre:

Partout, le Temps emporte, implacable vainqueur,
Avec les douze mois évanouis dans l'ombre,
Une perle arrachée au joyau de mon cœur.

Amours Créoles

BLONDE ET CRÉOLE

Sa chevelure fine et soyeuse s'affole
Au frôlement lascif de la brise; ses yeux
Reflètent la splendeur immortelle des cieux;
Son sourire d'amour luit comme une auréole.

Sa taille est adorable en sa sveltesse molle :
Légèreté d'oiseau, bercement gracieux
Des palmiers d'émeraude épars sur les hauts lieux.
Elle est ardente et douce; elle est blonde et créole.

Elle est blonde et créole, et ressemble à ces fleurs
Qui sous un ciel de flamme étalent leurs couleurs,
Mais dont germa la graine au sol froid de l'Europe;

Frêles et sans éclat dans notre climat gris,
Elles ont, au soleil dorant leur enveloppe,
Épanoui leur sève et révélé leur prix.

LA FLEUR DE RÊVE

Nous cueillerons la fleur de rêve
Sur les bords de la mer d'amour.

Veux-tu? Nous irons, au déclin du jour,
Tous deux nous asseoir sur l'or de la grève.
Les gardénias, ainsi que des pleurs,
Dans le sein des eaux répandent leurs fleurs;
La vague molle et murmurante
Mêle sa voix aux doux aveux;
Un long balancement de corolle odorante
Caresse la senteur subtile des cheveux,
Et mêle les parfums épars dans la prairie
Aux parfums de la rêverie.
Murmure des flots, murmure d'amour,
Parfums de corolle et parfums de rêve
Errent lentement le soir sur la grève
Où je veux t'attendre au déclin du jour.
Tous deux nous irons sur l'or de la grève :
Nous cueillerons la fleur de rêve
Sur les bords de la mer d'amour.

PRÈS D'UNE ÉGLISE EN RUINES

De pâles et lentes flammes,
Dans le soir mystérieux,
Errent sur le bord des cieux,
Pareilles à des vols d'âmes.

Le murmure de la mer
Qui vient mourir sur la grève
Mêle une chanson de rêve
Aux subtils parfums de l'air.

Bercés sur leurs frêles tiges,
Les lilas et les jasmins
Répandent par les chemins
De voluptueux vertiges.

Dans les sentiers hasardeux
Pleins de leurs odeurs divines,
Proche l'église en ruines,
Les amants vont deux à deux.

Dans la mollesse des mousses,
Au pied des vieux murs noircis,
Viens; l'un près de l'autre assis,
Nous dirons des choses douces.

Les oiseaux sur les palmiers
Se pencheront pour entendre
Notre langoureux et tendre
Roucoulement de ramiers.

Puis, ils s'en iront redire
Aux autres couples d'amants
Tous ces poèmes charmants
Que l'ivresse nous inspire.

Viens; le soir aux sombres plis
Nous entoure de sa trame,
Pour que l'amour, ce dictame,
Nous verse les longs oublis.

AU CAP BERNARD

Les grands arbres semblaient de fragiles roseaux
Sous l'effort affolé de la brise marine;
Leurs feuilles vers les flots teintés d'aventurine
Fuyaient par tourbillons ainsi que des oiseaux.

Tandis que j'aspirais le souffle amer des eaux
Qui desséchait ma lèvre et brûlait ma narine,
Mon amie en tremblant cacha dans ma poitrine
Sa tête aux cheveux blonds qu'ornaient de fins réseaux.

Je sentis sur mon sein frémir sa petite âme.
Lançant leur mousse d'or vers le soleil en flamme,
Les lames déferlaient au cap de noir granit.

Au large frissonnait une voile éperdue;
Et mes regards erraient de l'immense étendue
Au cher front que mon cœur abritait comme un nid.

A SAINT-PHILIPPE

Les astres reflétaient leurs vives pierreries
En l'azur de la mer ainsi qu'en un miroir,
Et les oiseaux, trompés par la splendeur du soir,
Essayaient leur essor sur les cannes fleuries.

A l'abri des manguiers, dans les vanilleries,
L'amoureuse liane, enlacée au Bois Noir,
Voluptueusement balançait l'encensoir
Des enivrants parfums chers à nos rêveries.

Un silence ineffable, un doux apaisement,
S'épandaient par la terre et par le firmament;
Des souffles caressaient ta chevelure blonde;

A travers tes longs cils filtraient de bleus rayons;
Amie, en cette nuit, comme nous oubliions
La misère de l'homme et les rumeurs du monde!

AU BOIS BLANC

En la calme splendeur de leurs vives jaspures,
Au pied des monts fleuris de fougère, les flots
Se déroulaient avec de langoureux sanglots
Le long des rives d'or aux fines découpures.

A travers le massif des palmes en guipures,
Le soleil éclatant dardait ses javelots;
Les nuages, épars ainsi que des îlots,
De mouvants archipels peuplaient les sphères pures.

Et la nature était si douce autour de nous
Que nous eussions voulu tomber à deux genoux,
Dans un élan d'extase ineffable et muette;

Car, mariant notre âme à son rêve enchanté,
Nous y sentions frémir, toi femme, et moi poète,
Un hymne harmonieux d'amour et de beauté.

AU GRAND-BRULÉ

Entre les rocs bleuis sous le flot qui les lave
Et le cirque pierreux du Grand Pays Brûlé,
Des rampes du Bois Blanc aux rampes du Tremblay,
Gît le rivage noir ravagé par la lave.

Mais, dans l'affreux désert, une oasis s'enclave;
Par pitié pour le lieu qu'il avait désolé,
Le volcan respecta ce bocage peuplé
De tamariniers chers au francolin saklave.

Tu disais : « Nos chagrins et nos fautes, hélas !
Ont presque entièrement calciné nos cœurs las
A force d'y verser la scorie et la flamme;

« Mais ne nous plaignons pas, vois-tu, car la Douleur
A daigné préserver, en dévastant notre âme,
Un coin vert où l'Amour épanouît sa fleur. »

VERS CILAOS

Au rythme triste et lent des complaintes créoles,
Par les escarpements sauvages, nos porteurs,
De la plaine brûlante aux sereines hauteurs,
Hissaient les palanquins en tendant leurs bricoles.

Les nuages, pareils à des écharpes molles,
Frôlaient légèrement les monts pleins de senteurs
Qu'animaient les concerts des cardinaux chanteurs;
Les palmes se doraient d'ardentes auréoles.

Nous élevions notre âme en un rêve divin.
Sous le soleil de pourpre, au fond du vert ravin,
Resplendissaient les eaux de la rivière Étienne.

O mon amie, au sein de cette immensité,
Comme ma main pressait plus doucement la tienne!
Et comme mon amour voyait mieux ta beauté!

CILAOS

Les monts comme des flots ondulaient dans le ciel;
Pic Cimandef, Piton des Neiges, bleus Salazes
Découvraient lentement leurs fronts voilés de gazes
Et s'offraient aux rayons du soleil immortel.

Les arbres, revêtant des couleurs de pastel,
Rubis, perles, saphirs, topazes, chrysoprases,
Dressaient vers l'astre d'or leurs bras chargés d'extases;
Les oiseaux murmuraient un hymne fraternel.

Au fond de la ravine, en larges nappes blanches,
Les torrents dévalaient, brillantes avalanches.
Une joie ineffable illuminait l'air pur.

Mon amie éleva son cœur et sa prière,
Et je vis resplendir en ses grands yeux d'azur
La sereine clarté de la nature entière.

LES BAINS

Le soleil matinal, au front de chaque branche,
Comme des diamants égrenait ses rayons;
Parmi les aloès, roulaient à gros bouillons
Les limpides torrents que la montagne épanche.

Les porteurs de fauteuils, leurs bâtons à la hanche,
Légers sous le fardeau, joyeux dans leurs haillons,
Dévalaient en chantant, par les courts raidillons,
Vers la maison des bains, étincelante et blanche.

L'éclat du jour naissant, le concert des oiseaux,
Le doux parfum des fleurs et la fraîcheur des eaux
Confondaient tous nos sens en leur pure harmonie;

Et, loin du monde vain, loin de l'homme moqueur,
Je sentais s'éveiller, au profond de mon cœur,
Ta jeunesse immortelle, ô Nature bénie!

MES RÊVES

Comme un essor joyeux d'oiseaux
Que la brise aux molles caresses
Entraîne vers de blonds roseaux,
Mes rêves volent vers tes tresses.

Mes rêves volent, papillons
Ivres d'azur et de lumière,
Vers tes yeux, ciel plein de rayons
Et d'allégresse printanière.

Empressés à de doux larcins,
Comme aux roses vont les abeilles,
Mes rêves volent par essaims
Vers tes lèvres, ces fleurs vermeilles.

Et, comme un harmonieux chœur
D'anges vers les splendeurs sacrées,
Mes rêves volent vers ton cœur,
Le plus divin des empyrées.

DOUCEUR DU SOIR

SUR nous laisse du soir descendre la douceur;
Le soleil vers les monts incline avec paresse
Ses rayons enlacés en onduleuse tresse.
Oh! serre chastement ma main, comme une sœur!

Laisse venir le soir lascif, le soir berceur;
Ne glisse pas encor sur mon sein ta caresse;
Attends : la nuit rendra plus folle la tendresse,
Et plus chers les trésors dont je suis possesseur.

Amie, oh! pas encor! — Nos cœurs doivent se taire
Jusqu'à l'heure où naîtra l'ineffable mystère
Des ténèbres voilant de brun tes blonds cheveux;

Jusqu'à l'heure d'amour pleine d'ombre et de flamme
Où les lèvres, mêlant leur souffle et leurs aveux,
Font jaillir en baisers l'embrasement de l'âme!

AVANT LE RÉVEIL

RÉVEILLE-TOI, belle épousée !
O paresseuse ! — Au fond des bois,
L'aurore égrène entre ses doigts
Ses fines perles de rosée.

Les roselins à leur essor
Préludent par de longs arpèges,
Et sur le blanc Piton des Neiges
Le soleil jette un manteau d'or.

Tout pour toi se plaît à renaître.
Au jardin, les roses, tes sœurs,
Exhalent les molles douceurs
De parfums où s'exalte l'être.

Et la brise, dans les roseaux,
Mélancoliquement soupire
De ne pas entendre ton rire
Parmi la chanson des oiseaux.

Oh! réjouis-moi de tes lèvres!
Réjouis-moi de ton regard!
Méchante, par ce dur retard,
De quelle ivresse tu me sèvres!

Peux-tu si longtemps refuser
Au désir dont le jour m'embrase
Tes yeux que guette mon extase,
Ta bouche qu'attend mon baiser?

Tu le sais bien, ô mon amie!
Penché sur toi lorsque tu dors,
Je n'ignore point les trésors
Qui parent ta grâce endormie.

Mais il faut qu'à l'éclat si pur
Du ciel, ta bouche et ta paupière
Ajoutent leur double lumière :
Sourire d'or, regard d'azur!

Car ce bleu regard qui s'allume
A ce clair sourire vermeil
Semble, sous un autre soleil,
Un autre ciel dont fuit la brume.

Et ce regard, ciel enchanté,
Et ce sourire, astre de flamme,
Épanouissent dans mon âme
La fleur d'amour et de beauté.

LE RÊVEIL

Les roses parfument l'air rose;
L'aurore, amoureuse des fleurs,
Afin de réveiller ma Rose,
Réveille les oiseaux siffleurs.

Les martins, chantant sur les branches,
Fondent, mélodieux essaim,
Leurs notes d'or aux perles blanches
Qu'égrène à doux bruit le bassin.

Ma Rose s'éveille; elle lève
Lentement son bras gracieux
Pour chasser les vapeurs du rêve
Qui flotte encore en ses grands yeux.

Et le parfum des songes roses
Dont son geste réjouit l'air
Se mêle au frais parfum des roses
Éparses dans le jardin clair.

ROSE AU JARDIN

Rose, que rend encor plus belle
Son coquet peignoir du matin,
S'élance au jardin qui l'appelle,
En sautillant comme un lutin.

Rose penche sur chaque rose
Du beau parterre tropical
Son visage charmant et rose,
Avec un rire musical.

Elle aspire, heureuse et ravie,
Dans la lumière et la chaleur,
La petite âme épanouie
Au calice de chaque fleur.

Chaque fleur, pour lui faire fête,
Car chaque fleur l'aime d'amour,
Incline joliment la tête,
Et lui dit son gentil bonjour.

Et Rose, généreuse et bonne
Pour les roses au cœur si doux,
Comme récompense leur donne
Des baisers dont je suis jaloux.

RONDEL POUR ROSE

Rose vit au milieu des roses,
Comme une fleur parmi les fleurs;
Bien loin de tous nos soins moroses,
De nos regrets et de nos pleurs.

Au closeau plein d'oiseaux siffleurs
Qui lui disent de douces choses,
Rose vit au milieu des roses,
Comme une fleur parmi les fleurs.

Je sais pourquoi Rose a si roses
Lèvres et seins ensorceleurs;
C'est qu'elle emprunte leurs couleurs
Aux belles fleurs fraîches écloses :
Rose vit au milieu des roses.

LE GIVRE

Ma Rose, en s'éveillant, s'écrie et bat des mains,
Car les toits des maisons qui bordent les chemins
Où nous errions, le soir, pleins d'extases divines,
Les aloès penchés aux rampes des ravines,
Les bois de filaos, les palmiers éclatants
Qu'empourpre la splendeur d'un éternel printemps,
Les coteaux et les prés tapissés de fougère,
Sont couverts, ce matin, d'une poudre légère
Qui lui paraît semblable à la poudre de riz
Que, chaque mois, coquette, elle attend de Paris.
Fille du pays plat qu'un ardent soleil cuivre,
Rose, au milieu des monts, s'émerveille du givre
Que l'air froid des sommets sur le cirque a jeté
Comme un manteau d'hiver sur un habit d'été.
Aspect nouveau pour elle : aussi, quelle allégresse!
Vite Rose s'habille, et babille, et s'empresse
Au jardin tropical dont les riches trésors,
Les rubis, les saphirs, les topazes, les ors,
Ont caché leur éclat sous une nappe blanche.

Et Rose bat des mains, et s'écrie, et se penche
Pour tremper ses doigts frais et blancs dans la fraîcheur
De cette immaculée et brillante blancheur,
Et, semant de grésil sa chevelure exquise,
Se relève poudrée ainsi qu'une marquise.
Fleur de neige parmi les arbustes neigeux,
Que ma créole blonde est charmante en ses jeux!
Pour fondre l'hivernale et fragile parure
Qui revêt mon amie et toute la nature,
Je sais qu'il suffira d'un rayon de soleil;
Mais, durant un instant, sous le mince appareil
Qui voile les couleurs et dérobe les formes,
Les manguiers africains ressemblent à nos ormes;
Ces hauts pics de Bourbon, ces ravins et ces cols
Paraissent, dans le gel, alpins ou cévenols;
Ces toits de bardeau gris que la liane croise
Ne se distinguent plus des toits couverts d'ardoise
Blanchissants sous la neige en nos pays du Nord.
Oh! oui, c'est bien l'Europe! Et je puis, sans effort,
Me croire sur les monts de ma douce patrie,
Puisant l'ivresse aux yeux d'une amante chérie,
Non créole en langueur sous un ciel étouffant,
Mais Française de France, et véritable enfant
Du sol puissant et fier où l'amour plein de sève
N'anéantit point l'âme en la torpeur du rêve.

AUBADE

Ma Rose, viens au bois. L'aurore en souriant
Sème le frais vallon de perles d'orient;
La nature à nos yeux éperdus se déploie,
Et nous tend ses plus doux fruits d'amour et de joie;
La brise matinale exhale un élixir
Dont l'enivrant arome avive le désir.
Viens; la sente discrète invite mon amie.
Nous verrons le soleil, expert en alchimie,
Transmuer les grands monts et leurs torrents en or.
Martins et cardinaux prennent déjà l'essor,
Et remplissent le ciel de chants qui troublent l'âme
Comme un harmonieux et tendre épithalame.
Oh! viens te reposer à l'ombre, sur les fleurs
Qui parmi la fougère enlacent leurs couleurs,
Et bercent des parfums qui semblent des caresses.
Viens; les beaux papillons, frôlant tes blondes tresses,
Y feront resplendir de vivants diamants,
Et, ravis par l'éclat de tes regards charmants,
Mes baisers voleront sur tes lèvres mi-closes,
Comme un essaim léger d'abeilles sur des roses.

LE BOIS

Les arbres caressés, de leurs troncs à leurs faîtes,
Par des enlacements de lianes en fleurs,
Berçaient avec mollesse au-dessus de nos têtes
Les trilles amoureux des cardinaux siffleurs.

Des appels de parfums, de sons et de couleurs
Du plus profond des bois nous conviaient aux fêtes
Que la nature donne à ceux dont les douleurs
Recherchent son asile à l'abri des tempêtes.

Nous voyions à travers les sombres filaos
Se dresser les villas du cirque Cilaos
Qu'entoure la ceinture éclatante des cimes;

Tandis que le soleil, glissant ses rayons roux,
Par le limpide azur, entre les monts sublimes,
Baignait de sa splendeur ce lieu tranquille et doux.

LE CIMETIÈRE AU BORD DU BOIS

Par les regards furtifs et par les mains pressées,
Nos cœurs silencieux échangeaient leurs pensées.
Nous suivions une sente ouverte dans le bois.
Filaos et manguiers berçaient les tendres voix
Des cardinaux de pourpre et des bengalis frêles
Qui chantaient leurs amours en se lissant les ailes.
La brise harmonieuse et molle soupirait
A l'oreille des fleurs l'universel secret.
Des rayons pleins de flamme enfiévraient la ramure.
Les torrents au flot clair, avec un long murmure,
Au fond du cirque bleu roulaient du haut des monts.
Nos regards éperdus disaient : « Nous nous aimons! »
Nos mains disaient : « Tout aime et célèbre la vie! »
Parfois, jaillissement de ton âme ravie,
Ton franc rire claquait, sonore et musical,
Dans la blonde splendeur du soleil tropical,
Dont l'écrin ruisselait sur ta splendeur de blonde.
Et tes regards disaient qu'il est bon d'être au monde,
Et mes doigts frémissants te disaient mon désir;

Et nous ne songions point qu'on pût aussi mourir
En cette solitude heureuse et printanière
Où les parfums vers toi montaient dans la lumière
Comme un encens fumant devant un autel d'or.
Mais bientôt le joyeux et magique décor
Disparut; nous étions parvenus à l'orée
Des bois qui s'inclinaient sur ta tête adorée.
Les ruisseaux s'étaient tus, et les doux gazouillis
Dont les oiseaux charmaient les rameaux recueillis;
Les vents ne berçaient plus de fleurs dans leur haleine.
Maintenant s'étendait la torpeur d'une plaine
Où, dans un cimetière inondé de soleil,
Les montagnards dormaient leur éternel sommeil.
Tragiques, au-dessus de cet enclos modeste,
Les croix, levant leurs bras par un douloureux geste,
Semblaient nous convier au funèbre séjour.
Du bois plein de parfums, de splendeur et d'amour
Au désert de la mort que le bonheur redoute,
Si facile et si courte apparaissait la route
Qu'en tournant vers les tiens mes regards anxieux,
Je vis passer l'effroi comme une ombre en tes yeux,
Et que ta chère main, si tendrement pressée,
Dans ma main demeura longtemps toute glacée.

*
* *

Quand les brises du soir réveillent dans nos veines
Les honteux mouvements de nos passions vaines,
Quand l'ombre nous convie à l'étreinte des corps,
Mon amie, oh! pensons à tous ceux qui sont morts!
La nuit qui nous incite au plaisir les effraie,
Et le vent qui nous grise est comme un cri d'orfraie
Pour leurs os pleins d'angoisse et claquant de terreur.
Ils jouirent pourtant, naguère, de l'erreur
Qui cache à nos regards la laideur du squelette,
Sans songer que l'œil pur où l'amour se reflète
Ne serait bientôt plus qu'un immonde trou noir
S'évasant sous un crâne épouvantable à voir.
Ils nouèrent leurs cœurs au fil d'or qui nous lie,
Et ne comprirent pas combien c'était folie!
Nous, du moins, méprisons désormais ce vil jeu
Où s'ébattent des chairs qui dureront si peu.
Puisqu'un souffle fatal défleurira ta bouche,
Sans attendre l'arrêt, restons sur notre couche,
Immobiles et froids sous un morne flambeau,
Comme deux morts dormant dans le même tombeau.

LE CYCLONE

Un cyclone a passé sur le jardin de Rose,
Saccageant ses fanjons, ses plantes et ses fleurs;
Les pétales épars sur la terre, ô douleurs!
Ressemblent à du sang versé par chaque rose.

Doux rosiers! Celle qui, tous les jours, les arrose,
Ne les arrosera désormais que de pleurs.
Rien ne fut respecté des ouragans hurleurs,
Ni rose en plein éclat, ni rose fraîche éclose.

Et nous considérions ce dégât du matin
Comme un abîme ouvert devant notre destin,
Car nous croyions y lire un funeste présage;

Et nous faisions sur nous un effrayant retour,
Et nous disions : « Hélas! qui sait si quelque orage
Bientôt ne fondra pas ainsi sur notre amour! »

ROSE DE BOURBON

L'IMPLACABLE splendeur de ton air étouffant,
Ile de volupté, de fièvre et de paresse,
Répand en flots de feu sur mon front qu'elle oppresse
D'ineffables désirs dont rien ne me défend.

Que faut-il à l'amour pour être triomphant?
La clarté d'un sourire, un regard, la caresse
Qu'offre le frôlement d'une soyeuse tresse,
Un mot tendre, et je suis plus faible qu'un enfant.

Fleur de Bourbon, ma Rose, affolante créole,
Tes cheveux blonds et doux te font une auréole
Dont les rayons subtils brûlent la volonté;

Tes grands yeux de luxure et ta bouche perverse
Anéantissent mieux que le soleil qui verse
Sa mortelle langueur en ce ciel enchanté.

ANATHÈME

FEMME, je te maudis à l'égal d'un vampire.
J'ai souhaité l'amour, et je vois qu'il est pire
Que le spleen solitaire où je me morfondais.
Je ne sais plus tourner mes regards vers le dais
Du ciel plein de mystère et resplendissant d'astres,
Et je vis sans espoir, pleurant sur les pilastres
En ruines du temple écroulé de mon cœur.
Je ne sens désormais que haine et que rancœur
Pour cette coupe étrange et folle où tu me verses,
O femme, le poison des voluptés perverses.
Femme, je te maudis! — Je maudis le plaisir
Qui, sans jamais l'éteindre, avive le désir,
Et ce honteux besoin de ton corps, que je traîne
Comme un forçat fourbu tire après soi sa chaîne.

LE GOYAVIER

Rose, sur la colline, avise un goyavier.
Souriante, elle lève un bras dont la peau blanche
Se découvre au discret retroussis de la manche,
Car elle veut atteindre un rameau du fruitier.

Et l'arbre est si docile au geste familier
Que le regard ravi ne sait pas si la branche
Au-devant du désir d'elle-même se penche,
Ou si, par un effort, la main la fait plier.

Rose cueille les fruits, mais daigne à peine y mordre,
Et, jetés sur le sol, ils roulent en désordre,
Tous portant dans leur chair la marque de sa dent;

Et je songe, ô beauté cruelle et si peu sûre!
A tant de cœurs, élus par ton caprice ardent,
Qui gisent, à jamais saignants de ta morsure.

INTIMITÉ

Ce que nous préférons, ce sont les heures calmes
Où de troublants parfums flottent parmi les palmes.
Cardinaux et martins, avec des cris charmants,
Cinglent par longs circuits vers leurs appartements
Faits de rameaux en fleur que la brise balance.
Puis, leur chanson s'endort; c'est le soir, le silence;
Sur la mer, le soleil meurt baigné de carmin.
J'attire mon amie, en lui pressant la main,
Vers le sofa de soie, auprès de la fenêtre;
Dans l'ombre qui grandit nous goûtons le bien-être
D'un amour que mon cœur voudrait croire éternel.
Des essaims de vapeurs roses courent le ciel
Où mon regard, errant de nuage en nuage,
Suit leur vol gracieux d'oiseaux d'or en voyage.
Cependant ma maîtresse, appuyée aux coussins,
Glisse ma tête lasse au nid de ses beaux seins,
Et, candide, vers moi son sourire se penche;
Je sens dans mes cheveux s'égarer sa main blanche,
Tandis que sur mon front son enivrant baiser

Vient, papillon de feu, follement se poser.
Je vis quelques instants de l'illusion douce
D'un tranquille bonheur, sans lutte et sans secousse.
Mais un pli de sa lèvre, un éclair de ses yeux,
Signes révélateurs que j'observe, anxieux,
Me disent qu'elle doit bientôt m'être infidèle,
Et qu'il me faut avoir désormais auprès d'elle,
A l'abri de ce cœur où dort la trahison,
Cette sécurité que, sous la frondaison
D'un bois lui promettant le repos qu'il espère,
Aurait le voyageur frôlé d'une vipère.

*
* *

Oh ! qui n'admirerait son sourire d'enfance,
Et le naïf éclat de son regard si pur ?
A voir son air candide, oh ! qui ne serait sûr
Qu'elle abhorre en son cœur le mensonge et l'offense ?

Or, je me suis jeté, sans crainte et sans défense,
Comme un voyageur las dans un beau lac d'azur,
Au sein de cet amour en qui mon âge mûr
Hélas ! croyait trouver la source de Jouvence.

Mais dans l'onde limpide, où dansent des rayons,
Voici que j'aperçois de secrets tourbillons
Qui rouleront bientôt mon âme au fond du gouffre ;

Sur ses lèvres de pourpre, en ses yeux de saphir
Flotte et luit vaguement le dessein de trahir...
Je sens qu'il me faudra souffrir d'elle, et je souffre.

DANS LA CASE FLEURIE

DANS la case fleurie, à l'heure où se réveille
Aux cimes des palmiers la chanson des martins,
Ma Rose, toute rose, à leurs cris argentins
Mêle sa voix d'oiseau si douce à mon oreille.

Bourbon! Ile d'amour et de rêve! O merveille
Du soleil saluant les radieux matins!
O bois, oublierez-vous les rires enfantins
Épanouis au bord de sa lèvre vermeille?

Que ma créole sait délicieusement
Balbutier des mots chers au cœur d'un amant,
Ses deux bras à mon cou noués en molles chaînes!

Mots tendres que j'écoute en respirant ses seins,
D'où les désirs ardents s'envolent par essaims,
Cependant qu'elle songe aux trahisons prochaines!

LES AILES

Quand tu vins à moi, tes pieds frêles
Effleurant à peine le sol,
Je contemplai tes blanches ailes
Toutes palpitantes du vol.

N'étais-tu pas l'être céleste
Que la Providence ici-bas
Envoie à chaque homme, et qui reste
Près de lui pour guider ses pas?

Une merveilleuse origine
Assurément se décelait
Par tes ailes de gaze fine
Qui furent teintes dans du lait.

Mais ce qui semblait une preuve
Certaine de divinité,
— Illusion d'une âme neuve! —
Me prouva ta fragilité.

Bientôt, par un caprice étrange,
Tu disparus dans un rayon :
Je t'avais prise pour un ange,
Et tu n'étais qu'un papillon.

*
* *

Je revois la petite case
Où nous vivions parmi les fleurs,
Loin des ronces et des douleurs,
Le cœur plein d'ineffable extase.

Te souviens-tu ? Levant sa gaze,
Pour sourire à travers ses pleurs,
L'aurore aux brillantes couleurs
Dorait le double mont Salaze.

Oh ! quel bonheur était le mien !
Chérie, oh ! que tu m'aimais bien,
Et que tu te sentais aimée !

Que reste-t-il de tout cela ?
Rien, sinon les vers que voilà,
C'est-à-dire un peu de fumée.

LA CASE

En rêve souvent je revois
Notre case coloniale,
Si simple ! mais dont les parois
Brillaient de gloire nuptiale.

Elle était couverte en bardeau,
Et de fleurs seulement parée ;
Mais nous déposions le fardeau
Des sombres heures à l'entrée.

Quand la nature tait son bruit,
C'était un silence des choses
Si doux, qu'on entendait, la nuit,
La respiration des roses.

Le modeste lit de bambou
Qui meublait la mignonne case
Endormait mieux que l'acajou
Notre voluptueuse extase.

Je la revois, je la revois,
Notre maison toute petite,
Au fond du cirque, auprès du bois,
Sous le haut palmier qui l'abrite.

Penchant vers nous son front charmant,
Dans un sourire, la montagne
Excusait mes transports d'amant,
Par les grâces de ma compagne.

Piton des Neiges! Fiers sommets!
Double cime de Salazie!
Vous savez combien je l'aimais :
Devant vous, je l'avais choisie!

Nous aspirions à pleins poumons
L'air parfumé de fleurs légères
Qui frôlait le versant des monts
En courbant les molles fougères.

Et nous aspirions à plein cœur
L'harmonieux épithalame
Que les oiseaux chantaient en chœur
Pour nous verser l'amour dans l'âme.

Je la revois, je la revois,
Notre maisonnette créole,
Où vibrait l'aile de ta voix
Comme un sourire qui s'envole.

Je revois, ainsi que jadis,
Dorant l'exotique chaumine,
Tes beaux grands yeux de paradis,
Soleil divin qui l'illumine.

Je la revois, là-bas, bien loin,
Dans la montagne aux blondes palmes,
La chère demeure, témoin
De nos bonheurs fougueux ou calmes.

Bonheurs si vite révolus!
La douce case tropicale,
Ce port tranquille que j'élus,
Hélas! fut une courte escale.

Si je ne dois plus la revoir,
La maison pauvre et fortunée,
Oh! puisses-tu, — j'en ai l'espoir! —
Ne l'avoir point abandonnée!

Amie, habite-la toujours,
Afin que ton cœur y retienne
Le souvenir de nos amours
Dont tu seras la gardienne.

LES ROSES

Ces roses ne sont pas les roses
De la saison où tu m'aimais :
Un souffle emporta pour jamais
Amours et fleurs ensemble écloses.

Mais votre parfum est le même,
Fleurs d'aujourd'hui, fleurs d'autrefois ;
C'est celui qui grisait ta voix
Lorsque tu me disais : « Je t'aime ! »

Pourtant, chaque rose a son âme
Qui la distingue d'une sœur ;
La fleur diffère de la fleur
Par l'arome, ainsi qu'une femme.

Ces roses-ci, pour quelle cause
Ont-elles, roses de jadis,
Votre parfum de paradis ?
Vois-tu, c'est par métempsycose.

C'est afin que tu te souviennes
De nos pauvres amours flétris
Que les jeunes roses ont pris
L'âme des roses anciennes.

BAISERS PERDUS

Quand, parmi les regrets, le passé qui déferle
Roule ce souvenir d'amour comme une perle
Égarée au milieu des tristes goémons,
Je vois l'île lointaine et la splendeur des monts
Berçant des palmes d'or qu'enlace la liane;
Et, surtout, je te vois, ma beauté diaphane!
Les pieds dans la fougère, et le front dans les fleurs
Qui remplissaient tes yeux de leurs vives couleurs,
Et tes cheveux de leur senteur effervescente.
Je vois sur le penchant des ravines la sente
Si justement étroite au gré des amoureux
Qu'il fallait s'embrasser pour y marcher à deux.
Rieuse, tu cueillais des fruits sur les genièvres,
Tandis que je cueillais des baisers sur tes lèvres,
Et les gais papillons, par leur instinct conduits,
Sur tes lèvres cueillaient les baisers et les fruits.
O baisers, doux baisers, d'une saveur si tendre!
Que n'ai-je pris, de vous, tant que je pouvais prendre?
Que n'ai-je, ô ma créole, ardent à l'épuiser,
Pillé ta bouche en fleur, sans laisser un baiser

De tous ceux que m'offrait l'enchantement de l'heure?
Trésors trop ménagés! Sagesse dont je pleure,
Et dont j'ai le remords, lorsque je songe, hélas!
Que les baisers perdus ne se retrouvent pas!

LA NUIT DE CILAOS

L'IMPLACABLE torpeur d'un sommeil sans pensée
S'étendait sur le sein de la terre oppressée;
Les heures lentement s'écoulaient dans la nuit;
C'était un lourd silence où l'île ensevelie
Sous un suaire d'ombre et de mélancolie
Éteignait sa splendeur et retenait son bruit.

Les monts de Cilaos, dressés dans les ténèbres,
Qu'ils semblaient épaissir de leurs masses funèbres,
Resserraient notre rêve au fond du cirque noir;
Interrogeant les cieux sans pénétrer leurs voiles,
Nos regards en cherchaient vainement les étoiles,
Comme dans l'avenir le deuil cherche un espoir.

En cette obscurité muette et solitaire,
Que traversait parfois le frisson d'un mystère,
Nos âmes, dont l'angoisse étouffait les désirs,
Dans le langage humain ne trouvaient plus de phrases
Pour dire le tourment qui troublait leurs extases,
Et les mots commencés s'achevaient en soupirs.

Mais nos mains se parlaient par une étroite étreinte,
Car nos cœurs, envahis d'une confuse crainte,
Sans savoir le malheur, pressentaient le danger;
Amour, nous nous pressions en tremblant sous ton aile :
Ainsi palpite un nid sous l'aile maternelle,
Quand sur les feuilles glisse un frôlement léger.

Amour, nous espérions tous deux en ta défense,
Car nous ne pouvions point supposer que l'offense
Viendrait un jour de toi, la source de tout don;
Nous n'avions pas compris que l'ombre d'agonie
Qui répandait sur nous sa tristesse infinie,
Hélas! nous présageait ton prochain abandon.

Oh! quand nous échangions nos caresses suprêmes,
Aurions-nous soupçonné que, bourreaux de nous-mêmes,
Oublieux d'un serment qui semblait immortel,
Bientôt nous laisserions, au temple de nos âmes,
Se dissiper l'encens et s'éteindre les flammes,
Et que, prêtres maudits, nous quitterions l'autel?

Lorsque nous t'accusions, nuit sinistre et farouche,
De glacer par l'effroi l'amour sur notre bouche,
Cet amour, dans nos cœurs, était déjà pareil
A ces vagues lueurs du ciel crépusculaire
Où le regard, trompé par le jour qui l'éclaire,
Croit, bien qu'il soit couché, voir encor le soleil.

Nous étions si remplis de ta voix molle et tendre,
Amour, que, même morte, il nous semblait l'entendre :
Tel un bruit par l'écho longtemps répercuté;
Et, comme une liqueur dont persiste l'ivresse,
Absent, tu prolongeais l'extase enchanteresse
Où ton souffle de feu ravit la volupté.

O nuit, c'était donc nous qui te rendions si sombre,
Alors qu'épouvantés des menaces de l'ombre,
Nous cherchions contre toi l'un en l'autre un appui!
Je comprends maintenant ces ténèbres sévères,
Ces sommets douloureux ainsi que des calvaires,
Et cette voûte où nulle étoile n'avait lui.

Nature, je comprends maintenant les reproches
Émanant de tes bois, de tes eaux, de tes roches,
Et de cette horreur noire où se plongeait le ciel;
Nature, tu blâmais nos âmes infidèles
De trahir leur destin en rejetant loin d'elles
De tous les biens le seul qui fût essentiel.

O pics dont les palmiers font plus hautes les cimes,
Pourquoi n'avez-vous point, courbant vos fronts sublimes,
Fermé sur nous vos cols et creusé vos ravins,
Et changé la vallée en une prison douce,
Où l'amant ne pût fuir le bonheur qu'il repousse,
Ni l'amie abjurer nos délires divins?

Nous goûterions encor l'allégresse profonde
D'entendre nos deux cœurs se parler loin du monde,
Et mêler leur murmure aux murmures jaloux
Des torrents écroulés en des flots de lumière,
Et des oiseaux jetant leur strophe printanière
Dans le vent qui, le soir, fait chanter les bambous.

En tes yeux, lacs d'azur où la raison se noie,
Je puiserais toujours une ineffable joie;
J'allumerais mes sens à ces rayons ardents
Que l'or de tes cheveux répand, blonde auréole;
Et je verrais toujours, ma joyeuse créole,
Étinceler le rire aux perles de tes dents.

O villes, préférant à vos soins éphémères
Notre vol éperdu sur l'aile des chimères,
Là-bas, vers le soleil, devant la majesté
Des pitons que la nue orne de diadèmes,
Nous nous élèverions au-dessus de nous-mêmes,
Dans le pur sentiment de l'immortalité!

De l'immortalité? Mais l'amour est fragile
A l'égal des travaux et des projets d'argile
Où vit, vieillit et meurt l'immense bagne humain.
Clarté de mon exil! Radieuse compagne!
Un matin, nous avons descendu la montagne,
Chacun de son côté, sans nous serrer la main.

Et cette passion souveraine et bénie
Dont en nous tressaillait mollement l'harmonie,
Et qui semblait, hélas! chanter dans l'avenir,
Ne fait plus, en mon cœur, vibrer sa voix posthume
Que pour y rappeler la cruelle amertume,
O bonheur, de n'avoir pas su te retenir!

Chère île, quand je songe à tes cimes lointaines,
Ce ne sont point tes bois, tes prés et tes fontaines
Qui rayonnent autour de ce grand amour mort;
Mais j'entends le silence et je vois les ténèbres
De la nuit dont l'effroi secouait mes vertèbres,
Et sur moi le ciel noir pèse comme un remord!

Les Ailes brisées

A José-Maria de Heredia.

*
* *

Les grands arbres des bois lamentent; la mer gronde,
Et des astres bercés au triste firmament,
Par les sphères en deuil, glisse un frémissement
De lugubres rayons sur la rumeur du monde.

C'est l'heure où la pensée ardente et vagabonde,
Que l'ouragan soulève irrésistiblement,
Du bord désemparé de l'espoir qui lui ment,
Au fond des jours futurs cherche à jeter la sonde.

Lames aux longs sanglots, brises qui soupirez
Vos tragiques douleurs sur les monts éplorés,
Étoiles dont l'effroi s'épanche en morne flamme;

Murmures, venez-vous révéler à mon cœur,
Lumières, venez-vous dévoiler à mon âme
Un avenir plus sombre et plus lourd de rancœur?

SOUFFLES DU SOIR

A Sébastien Charles Leconte.

GRANDS arbres frissonnants comme des chevelures
Sous le vent qui, le soir, s'élève vers la mer,
De vos rameaux meurtris s'échappent des murmures
Dont mon cœur douloureux comprend le sens amer;

Par le morne ouragan vos feuilles déchirées
Vont, fragiles trésors, se perdre sur les flots :
C'est pourquoi vous semblez des femmes éplorées
Qui se tordent les bras avec de longs sanglots.

Mon âme est un bois sombre où des vierges plaintives,
Dans l'or du crépuscule agitant leurs cheveux,
De gestes éperdus épouvantent les rives,
Et troublent de clameurs le ciel sourd à leurs vœux;

Ces vierges, autrefois joyeuses et charmantes,
Sont les illusions en proie aux souffles noirs
Qui, sur un océan gonflé par les tourmentes,
En funèbres lambeaux dispersent nos espoirs.

Vous, grands arbres, du moins, vous reverrez l'aurore,
Et bercés dans l'azur par un calme zéphyr,
Heureux et rajeunis, vous sentirez encore
Aux rayons du soleil vos rameaux reverdir;

Mais le cœur dépouillé des rêves éphémères
Ne peut plus les reprendre à l'heure qui s'enfuit,
Et le vent qui, le soir, effeuille nos chimères
Irrémissiblement les plonge dans la nuit!

LA NUIT

Sur l'or du crépuscule une ombre sépulcrale
S'étend, pareille au drap du catafalque noir
Qu'élève autour des morts notre vain désespoir
Dans la nef d'une antique et haute cathédrale.

Le vent, qui par les bois déroulait sa spirale,
Expire comme un orgue en l'angoisse du soir;
La fleur, dans un frisson, ferme son encensoir,
Pour étouffer l'ardeur des parfums qu'elle exhale.

Tout s'efface, ô cœur sombre; hélas! ensevelis
Au creux le plus profond de tes secrets replis
L'amour dont rayonnaient l'arome et l'harmonie;

Que la nuit, déployant ses longs voiles de deuil,
Enveloppe à jamais ta suprême agonie
D'un stoïque manteau de silence et d'orgueil!

L'ILLUSION DE LA VIE

A Émile Blémont.

QUAND l'homme, les pieds las, le front lourd de torpeur,
Se retourne vers l'ombre où son printemps se plonge,
Il y voit son fantôme, ainsi qu'au fond d'un songe,
Tournoyer et se fondre en funèbre vapeur.

Il poursuit, chancelant de vertige et de peur,
Sa route, où devant lui le destin se prolonge;
Mais chaque pas révèle à ses yeux le mensonge
De tout ce que fit luire un mirage trompeur.

Il voudrait s'arrêter : il doit marcher sans trêve,
Car le présent n'est rien qu'une minute brève
Séparant le passé du plus proche avenir;

Souvenirs disparus, espérance ravie
Dans l'éclair d'un instant qu'on ne peut retenir,
Vivons-nous, ô douleur! si vous êtes la Vie?

VISION

Au galop des lamas, des lions et des zèbres
Qu'emporte un furieux vertige, les démons,
A travers les forêts, les plaines et les monts,
Dévorent l'étendue horrible des ténèbres.

Le fleuve, avec lenteur, roule des flots funèbres
Souillés d'un sang fétide et d'immondes limons,
Où voguent, sur des nefs faites de goémons,
Des squelettes blafards qui choquent leurs vertèbres.

Les étoiles en pleurs se cachent tristement
Sous des nuages noirs épars au firmament
Qui tendent à leur deuil de lugubres écharpes;

Et, de leurs ailes d'or voilant leurs chastes yeux,
Les anges, dans l'oubli des hymnes glorieux,
Posent un doigt muet sur les cordes des harpes.

LE VOYAGE

Le vent me conviait; la mer était fleurie,
Et, comme elle, ma nef était pleine de fleurs;
Au large, l'oriflamme, étendant ses couleurs,
Semblait montrer du doigt quelque heureuse patrie.

J'ai vogué; j'ai souffert mainte et mainte avarie;
Mes étendards déteints pendent trempés de pleurs;
Sous les noirs ouragans que soufflent les douleurs
La guirlande enroulée au rostre s'est flétrie.

La violette, hélas! ne rit plus sur les flots;
Glauque, la lame cingle avec de longs sanglots
Ma barque aux flancs meurtris que sa fureur ravage;

Je cherche l'archipel fortuné sans rien voir;
Oh! qui m'annoncera le jour et le rivage
Où le Port éternel attend mon désespoir!

LE NAVIRE

L'UN tire aux avirons, ou, redressant l'antenne,
Développe la voile ainsi qu'un éventail;
L'autre, l'œil au compas, la main au gouvernail,
Invoque l'éternel et divin Capitaine.

Des penseurs, pleins de rêve, et dont l'âme hautaine
Plane dans le dédain d'un vulgaire travail,
Sur la ligne où la mer fond au ciel son émail
Guettent l'illusion de quelque île incertaine.

Mais tous, contemplateurs et marins, seront morts
Avant qu'à l'horizon resplendissent les bords
Que sans cesse recule un décevant mystère;

Celui qui prendra place au banc où je ramais
S'éteindra, comme moi, sans avoir vu la terre,
Et le Navire, hélas! n'arrivera jamais.

LA GABARE

Mon âme n'est plus rien qu'une vieille gabare
Qu'à l'éternelle nuit d'un éternel hiver
Roulent lugubrement les lames de la mer.
Le Pilote trompeur, le Maudit, tient la barre.

Il commande : aussitôt, chaque Désir s'empare
D'une rame, et, sans but, fouette le flot amer.
Dans la voile en lambeaux, les froids Démons de l'air
Soufflent l'illusion funeste qui m'égare.

Des larmes de douleur imprègnent les haubans
Où, faux manœuvriers, grimpent de noirs forbans
Qui s'appellent l'Orgueil, l'Erreur et l'Ignorance ;

Amour, Vertu, Raison, tout l'Équipage est mort,
Entraînant dans l'abîme horrible l'Espérance
De retrouver la route et d'atteindre le Port.

Table

TABLE

ESSOR

LA MER ET LES ESCALES

HEURES DE BOURBON

AMOURS CRÉOLES

LES AILES BRISÉES

Achevé d'imprimer

le vingt-quatre septembre mil neuf cent quatre

PAR

ALPHONSE LEMERRE

6, RUE DES BERGERS, 6

A PARIS

5.-4166.

www.ingramcontent.com/pod-product-compliance
Ingram Content Group UK Ltd.
Pitfield, Milton Keynes, MK11 3LW, UK
UKHW031845260826
14628UKWH00002B/601

9 782011 764218